AF482236

NICOLAE POPESCU

La căpătâiul regelui

Stă cu spatele la rege, dar regele nu se supără.

Copyright © 2024 by Nicolae Popescu

Toate drepturile rezervate. Nicio parte din această lucrare nu poate fi reprodusă, distribuită, transmisă, stocată într-un sistem de recuperare sau transmisă sub nicio formă sau prin niciun mijloc, electronic, mecanic, prin fotocopiere, înregistrare sau altfel, fără permisiunea prealabilă scrisă a autorului sau a deținătorului drepturilor de autor.

Pentru informații de licențiere, contactați nicolae.nam@gmail.com.

Acesta este un roman de ficțiune. Numele, personajele, locurile și evenimentele sunt produsul imaginației autorului sau sunt utilizate fictiv. Orice asemănare cu persoane, locuri sau evenimente reale este pur întâmplătoare.

Nicolae Popescu afirmă dreptul moral de a fi identificat ca autor al acestei lucrări, lansate în decembrie 2024.

First edition

Dragă cititorule,
Mă adresez ție nu doar ca autor al acestei povești, ci și ca martor al unui timp îndepărtat, o eră de glorie și tragedie, din care am ales să extragem o poveste ce încă poate răsuna în inima celor care trăiesc acum, în prezent. Poate că iubirea neîmpărtășită de care mă ocup în paginile acestui roman nu mai este la modă în vremurile noastre, dar nu-i așa că, în adâncul sufletului nostru, rămâne o temă veche și de neevitat?

„Un regat construit pe putere și glorie poate fi zdrobit nu de dușmani, ci de o singură dragoste neîmpărtășită, care mistuie din interior până când totul se prăbușește în tăcere."

NICOLAE POPESCU

Cuprins

Prolog

Îți voi povesti acum despre un timp când regii și domnitorii nu doar că domneau peste ținuturi, dar și sufletele celor ce-i slujeau erau subjugate, fie prin iubire, fie prin frică. În acest colț uitat al istoriei, pe un pat de suferință și melancolie, stă un bărbat pe care istoria l-a ridicat la statutul de legendă, dar care, în clipa asta, nu mai este decât un om chinuit de propriile-i dorințe neîmplinite.

Tu, cititorule, vei cunoaște aici un rege — nu prin armura sa strălucitoare, nu prin falnicele sale biruințe, ci printr-un singur gest: tăcerea. Căci atunci când iubirea neîmpărtășită se cuibărește în inima unui om, chiar și cel mai mare dintre ei devine mic, iar coroana, o greutate ce îl apasă.

Este greu să vorbesc despre ce a fost înăuntrul acestui rege, fără a risca să distrug un mit ce a supraviețuit veacurilor. Dar, în final, și legendele se năruiesc, și ce rămâne, dincolo de ele, este omul. Acesta este adevărul pe care ți-l voi împărtăși, nu unul de glorie, ci unul de tristețe. Tristețea unui rege care, în fața unei iubiri ce nu putea fi, a pierdut totul, inclusiv pe sine.

Tu vei fi martor al unei povești care se împletește cu moartea unui vis, a unei iubiri ce nu a fost niciodată rostită și care a răvășit tot ce a atins. O poveste despre neputința unui rege în fața unei fete de la curte, o poveste despre dorința de a iubi și imposibilitatea de a fi iubit în schimb. Poate că acest rege, în acea clipă de slăbiciune, nu era diferit de oricare altul: un om, în faţa unei iubiri neîmpărtăşite, căutând un refugiu în puterea lui, dar găsind în schimb o prăbuşire.

Te rog, aşadar, să mă însoţeşti pe acest drum tulbure. Căci această poveste, deşi una veche, are ecouri ce pot să răsune până în zilele noastre, în fiecare colţ al inimii ce a iubit vreodată în tăcere.

Şi tu, cititorule, dacă nu te vei opri din citit şi vei privi dincolo de cuvinte, poate vei înţelege ce-i în spatele coroanei, ce-i dincolo de mituri. Poate vei înţelege că, chiar şi un rege, poate căuta iubirea fără să o găsească vreodată.

Introducere

Povestea pe care o vei citi acum nu este doar despre un rege şi curtea sa, nu este doar despre un regat ce se clătina sub povara unei iubiri nespuse, ci este, mai ales, despre o bătălie lăuntrică, ascunsă în adâncurile unei inimi ce nu ştia cum să-şi exprime dorinţele. Este povestea unui bărbat ce a purtat o coroană grea, dar care nu a reuşit niciodată să poarte iubirea în mod deschis, nici măcar faţă de propria-i inimă.

Căci Arthur, regele legendar al Camelotului, a avut multe bătălii de dus, dar niciuna nu a fost mai grea decât cea cu sine însuşi. Într-un regat unde onoarea şi puterea dominau, a existat un colţ ascuns unde o iubire neîmpărtăşită se adâncea în tăcere. A fost o dragoste ce n-a avut niciun nume şi nici o destinaţie, dar care a răvăşit totul: curtea, prietenii, chiar şi regatul.

Şi totuşi, nimeni nu ştia despre ea. Nimeni nu a ştiut de fata tăcută ce a ajuns la curte, o prezenţă tăcută şi misterioasă, care a aprins în Arthur o dorinţă pe care nu a putut-o exprima. Dragostea sa nu a fost un foc arzător, ci un vânt rece ce i-a cuprins inima. O iubire secretă, ce n-a fost niciodată rostită, dar care a lăsat urme adânci, neştiute de nimeni, poate nici măcar de el.

Îţi voi povesti despre această iubire imposibilă, despre regatul ce a fost zdruncinat din temelii de dorinţele neîmpărtăşite ale unui rege, despre cum, atunci când iubirea nu este spusă, ea devine o forţă distructivă. Vei descoperi un Arthur diferit de cel pe care-l cunoști din poveștile străvechi: nu un erou mereu curajos, ci un om care, la rândul său, s-a pierdut în fața unei iubiri imposibile.

Aceasta este povestea unui rege care, în fața unei domnițe ce nu putea fi a lui, și-a pierdut regatul și, poate, chiar propriul suflet. O poveste despre tăcere, dorință și umanitatea ce se ascunde în spatele legendelor.

Ultima Privire

„În ultimele tale clipe, Arthur, am fost sfâșiat între cumplită amărăciune a pierderii unui frate și o stranie izbăvire, ca și cum soarta, nesentimentala și neînduplecată, și-ar fi pecetluit tăcut destinul."

Stăpânul meu. Umbrele, lenevoase parcă, se întind în forme năstrușnice pe zidurile groase ale încăperii tale, în bezna aproape de nepătruns. Totul zace mut și înghețat. Perdelele prăfuite, de o catifea grea și aspră, stau neclintite ca niște străjeri ce păzesc porțile palatului, ferind orice rază firavă de zori să-ți atingă chipul supt. Aerul din această odaie este mai greu ca niciodată, învăluit într-o suflare amară de leacuri vestejite și durere nespusă. Această încăpere, cândva sanctuarul tihnit al unui mare rege, poartă acum pecetea unui lăcaș funest, bântuit de stihii rele și apăsat de povara întunericului.

Regele meu. Povara trupului tău sleit umilește patul cel mare din inima odăii, odinioară falnic și demn, vestitor al puterii regale. Draperiile baldachinului tău, ce fuseseră roșii ca sângele triumfurilor mărețe, fâlfâie acum ca niște giulgiuri funerare, grele și fără suflare. Încăperea aceasta pare prinsă într-un ceas de apus lent și nemilos, asemenea unui obicei funerar ce-și urmează necruțător rânduiala.

Fratele meu. Colbul plutește agale prin aer, asemenea pulberii amintirilor tale mărețe, apuse de mult, dezvăluite doar de licărul slab al luminii ce-și face loc anevoie printre marginile grele ale draperiilor. Doar firele firave de praf veghează neclintite asupra agoniei tale regale, răbdătoare și tăcute, așezându-se în fiecare colț al acestei odăi ca niște martori neînduplecați ai sfârșitului. Privesc nemișcate cum prăbușirea ta, lentă dar fără scăpare, își urmează cursul fără să poată fi oprită.

Bastioanele siguranței, zidurile acestea groase ce au fost martore ale puterii tale neclintite, stau acum reci și nepăsătoare sub greutatea suferinței ce le cuprinde. Măreția cu care ai stăpânit acest regat nu mai stăpânește nici măcar aceste pietre mute. Încăperea însăși s-a preschimbat într-un mormânt viu, un altar întunecat al durerii și al neîndurătorului sfârșit. Între acești pereți, care cândva răsunau de ovațiile tale, se strecoară acum ea – neîndurătoare, dar sigură, anunțată de fiecare suflu chinuit ce sparge tăcerea grea. Timpul însuși pare împietrit.

Chipul tău, atât de cunoscut mie, în lumina slabă și tremurătoare a acestui sanctuar al pierzaniei, pare făurit din ceară fină, nemișcat și lipsit de viață. Pielea ta, odinioară întinsă și strălucind de vigoare, poartă acum o paloare bolnavă, aproape străvezie, trădând contururile ascuțite ale oaselor ce cândva îți susțineau măreția. Viața, care pulsa odinioară cu atâta tărie în tine, s-a retras în tăcere, lăsând în urmă o umbră firavă, gata să se destrame sub povara neîndurătoare a sfârșitului.

Răsuflarea ta, cândva fermă și hotărâtă, este acum grea și molatică, fiecare suflu purtând cu sine povara unei lupte pierdute înainte de a începe. Fiecare încercare de a prinde aer pare o trudă sfâșietoare, smulgând cu asprime fărâme din sufletul tău chinuit. Sunetul acestor răsuflări slabe, dar apăsătoare, răsună în odaie asemenea unui imn funerar, o mărturie mută a bătăliei neîndurătoare pe care o duci împotriva inexorabilului sfârșit.

Privindu-te, mă străduiesc să găsesc urmele regelui care, odinioară, domina orice încăpere doar prin prezența sa. Al bărbatului a cărui autoritate nu cunoștea îndoială, al forței ce nu putea fi înfrântă. Îți caut în zadar privirea pătrunzătoare, acea siguranță nestrămutată și puterea ce răspândea, deopotrivă, teamă și venerație. În locul lor, se înfățișează doar o umbră firavă, o siluetă istovită, împovărată de toate pierderile ce s-au adunat de-a lungul anilor. Nu mai ești regele de neînvins, ci doar un om în pragul sorocului, zdrobit sub povara unui regat surpat, a visurilor spulberate și a propriei tale ființe risipite în negura vremii.

Mă așez lângă tine, iar între noi se așterne o tăcere grea, mai apăsătoare decât orice cuvânt pe care l-aș putea rosti. Nu este doar lipsa vorbelor, ci o prăpastie adâncă – întunecată și tăcută, săpată de ani de tăceri neînțelese, de clipe risipite și de resentimente ce nu au fost niciodată grăite. Tăcerea noastră nu este lipsa, ci o povară, un zid nevăzut ridicat din toate cele ce am ales să ascundem.

În mintea mea, cuvintele se zbat precum valurile unei furtuni aprige, dar niciunul nu prinde chipul cuvenit. Ce folos au ele acum, când clepsidra vremii s-a golit fără milă, iar ceea ce ne unea s-a preschimbat într-o umbră palidă a trecutului? Mi-aș dori să pot întoarce ceasul sorții, să răscumpăr clipele pierdute și să găsesc tăria de a rosti ceea ce trebuia spus. Dar n-am făcut-o. Și nici tu nu ai rupt tăcerea.

Acum, tăcerea ne este singura tovarășă. Nu mai e loc pentru lămuriri, pentru împăcări ori pentru mărturisiri târzii. Tot ce trebuia grăit zace îngropat adânc în inimile noastre, iar prăpastia ce s-a căscat între noi s-a făcut de netrecut. Sunt aici, la marginea patului tău, şi totuşi un gol fără fund ne desparte, înghiţind nemilos tot ce-am fost cândva. E prea târziu să ne privim în ochi cu adevăr. Prea târziu să mai salvăm vreo fărâmă din ce-am fost odinioară.

Îţi prind mâna, iar răceala pielii tale mă străpunge până în străfundurile fiinţei, ca un avertisment mut al vieţii ce se scurge încet, asemenea nisipului ce se prelinge fără grabă printr-o clepsidră veche. Degetele tale, altădată ferme şi pline de vigoare, sunt acum moi, lipsite de orice putere, parcă dezgolite de suflul care le însufleţea odinioară. Le cuprind cu o blândeţe apăsătoare, dar simt doar fragilitatea lor – o fragilitate care pare gata să se destrame sub atingerea mea.

Privindu-ţi mâna, mintea mea rătăceşte prin meandrele trecutului, la zilele când această mână, puternică şi neînduplecată, guverna, ocrotea, dar şi rănea. Gândurile îmi poartă paşii prin anii care s-au risipit, fiecare clipă în care ne-am fost aproape, dar şi cele ce, nevăzute, au săpat un hău tot mai adânc între noi. Mă uit la tine, la ceea ce ai fost, şi la ceea ce ai devenit, iar acest gol nemilos pare mai de necuprins ca oricând.

Cum am ajuns aici, Arthure? Cum am lăsat două inimi care băteau odinioară la unison să împartă acum aceeaşi încăpere, dar să nu se mai regăsească una pe cealaltă? Suntem atât de aproape, mai aproape decât am fost vreodată, şi totuşi un zid nevăzut ne desparte – zidul greşelilor noastre, al tăcerilor ce-au sfâşiat mai adânc decât orice cuvânt şi al alegerilor pe care nici tu, nici eu nu le-am înţeles vreodată cu adevărat. Îţi prind mâna, dar nu simt decât răceala ei, o răceală străină şi îndepărtată, iar inima mi se prăbuşeşte sub povara golului ce se aşterne între noi. Eşti aici, dar o parte din tine s-a retras deja, şi restul tău o urmează, lăsând în urmă un pustiu ce nu poate fi umplut.

Privesc în ochii tăi și mă izbește vidul ce le stăpânește, o goliciune de netăgăduit, ce nici durerea, nici febra nu o mai pot ascunde. Cândva, acești ochi erau ferestrele unei minți pătrunzătoare și ale unui suflet neînduplecat. Privirea ta zdrobea orice împotrivire, iar voința-ți nestrămutată aducea în genunchi chiar și cele mai îndârjite inimi. Acum, ochii tăi sunt încețoșați, pierduți undeva între umbra unui trecut îndepărtat și amintiri ce se destramă în uitare. E ca și cum te-ai retras într-un tărâm de nepătruns, un loc unde nici măcar eu, cel mai apropiat dintre toți, nu te pot urma.

În ochii tăi, Arthure, mai zăresc rămășițele unui bărbat care s-a retras încet și tăcut, lăsând lumea să se stingă în urma lui. Te-ai pierdut în abisurile gândurilor tale, frate, în povara unor regrete pe care nu le-ai rostit niciodată și care te-au sfâșiat încet, până te-au doborât. Te-ai îndepărtat de toți, Arthure – chiar și de mine, cel care a fost mereu aici, aproape, chiar și atunci când tăcerea ta mă rănea mai adânc decât orice cuvânt. Și totuși, rămân, legat de tine printr-un fir invizibil, o loialitate ce nu s-a destrămat nici măcar sub povara dezamăgirii.

Îți mai amintești, frate? Zilele când eram doar doi copii fără griji, fără poverile acestei lumi? Cutreieram câmpurile din jurul castelului, râzând cu o inocență ce părea nesfârșită. Ne certam și ne împăcam cu ușurința celor ce nu cunosc încă durerea pierderii. Eram doi visători, convinși că lumea întreagă ni se așterne la picioare. Eu eram fericit să te urmez, să fiu umbra ta. În glumele tale îți țineam piept, iar în fața oricărei amenințări îți apăram spatele. Tu erai cel destinat să urci spre măreție, iar eu, fratele tău credincios, mi-am găsit locul în umbra ta, dăruindu-mi toată ființa pentru visurile tale.

Dar timpul ne-a schimbat, frate. Visele noastre comune,

cândva atât de puternice, s-au destrămat, iar în locul lor au rămas doar datoria şi greutăţile, care ne apasă precum nişte lanţuri nevăzute. Unde a dispărut acel băiat care râdea fără frică, care credea cu toată fiinţa lui că va cuceri lumea? Unde am dispărut noi, Arthur?

Am fost alături de tine în toate luptele, în fiecare bătălie, atât cea fizică, cât şi cea sufletească. Niciun pas nu făceai fără ca eu să fiu acolo, martor tăcut al eforturilor tale, al sacrificiilor care te-au modelat. Fiecare decizie importantă pe care ai luat-o, fiecare alegere ce a contribuit la clădirea regatului tău, a fost o povară pe care am purtat-o împreună. Legătura noastră era puternică, dar totuşi, frângibilă. Îmi amintesc cum îmi spuneai, cu o hotărâre în glas, că acest regat este tot ce ai avut, tot ce ai dorit să construieşti pentru cei ce vor veni după tine. Ai muncit neobosit pentru a aduce pacea în aceste ţinuturi, pentru a stăvili haosul care pătrundea tot mai adânc, fiecare zi aducând o ameninţare nouă.

Dar toate s-au preschimbat. Dintru început fu doar prin gesturi mici, anevoie de desluşit, şi prin tăceri ce, de la un răstimp nevinovate, crescură într-un zid tot mai semeţ între noi. Graiul tău se risipi, asemenea unui pârâu ce se pierde-n sânul pământului. Nu-mi mai arătai nici îndoielile, nici temerile, ba nici măcar gândurile cele mai dosite sau visurile ce te frământau. Într-un ceas de demult, erai mai mult decât domn – erai fratele meu, cel cu care împărţeam năzuinţele şi visurile, una făcându-se fiinţele noastre. Dar, cum vremea curgea, te-ai încuiat într-o lume numai de tine ştiută, străină şi întunecată, de unde m-ai lepădat să nu pot păşi.

Te-am zărit depărtându-te de la mine, precum şi de la toţi aceia ce-ţi fuseseră aproape, şi simţii cum tăcerea, mai grea decât o lespede de mormânt, se-nălţa între noi, piatră cu piatră.

Poate că-ți trebuia singurătatea, poate credeai că nu mai pot pricepe adâncimea sufletului tău, dar pentru mine această prăpastie ce-ai sădit-o fu rană de netămăduit, o tăcere ce nu-și află leacul nici în veac. Unde-ai fost tu, Arthure, când mai mare nevoie am avut de tine? Unde s-a dus acel bărbat ce-mi dădea sfat, ce-mi lumina calea, ce mă îndruma prin hățișul acestei lumi?

Privesc chipul tău istovit, căutând în trăsăturile-ți, odinioară hotărâte și pline de putere, vreun semn, oricât de neînsemnat, al vieții ce pare că te părăsește. Mă-ntreb dacă încă-mi simți ființa alături, dacă știi că, de-a pururea, am stat aproape, chiar și-atunci când tu însuți, prin tăceri și gesturi ca de gheață, m-ai depărtat. Mă vezi, Arthure? Îmi recunoști chipul? Ori sunt doar o umbră palidă, o nălucire ce se risipește-n întunericul lumii în care te-ai închis, un adăpost făcut din tăcere, durere și singurătate, unde nici eu nu mai pot pătrunde?

Deși stau lângă tine, simt cum între noi crește o prăpastie, un hău fără fund, în care sufletul meu nu-și mai află loc. Te-ai retras cu desăvârșire în gândurile tale, în regrete nemărturisite, în dorințele ce nu și-au aflat plinirea. Iar eu… eu sunt doar o umbră dintr-un trecut îndepărtat, un frate pierdut în marginea ființei tale, neputincios să te urmeze în lumea-ți de nepătruns. Tăcerea ta atârnă asupra mea ca o lespede grea, iar vorbele-mi se sting, neputincioase, înainte de-a ajunge la un suflet ce încet se stinge, fără a mai lăsa urmă de viață.

Știu prea bine ceasul în care totul a prins a se destrăma. Cunosc clipa când ai început să te retragi, să te pierzi într-o tăcere adâncă, o prăpastie din care nu aveam nicio putere să te smulg. A fost atunci când ea a pășit în calea noastră. O prezență tainică, tăcută, dar cu o putere ce nu se putea desluși de la început. N-am priceput numaidecât ce se întâmpla, dar nu mi-au scăpat schimbările din privirea ta. Ochii tăi, odinioară scânteietori de hotărâre şi vitejie, s-au cernit cu o lumină străină, o strălucire pe care n-o puteam înţelege. În acea privire am zărit o dragoste nouă, ce nu-şi avea locul în lumea noastră, o iubire ce putea vieţui doar în umbra acestui regat clătinat.

Fără ca tu să rosteşti vreun cuvânt, fără ca glasul tău să trădeze vreodată taina, ai îngăduit ca ea să devină miezul fiinţei tale. O umbră gingaşă, dar îndeajuns de puternică pentru a-ţi zdruncina temeliile. Ai ales-o pe ea, fără sovăială, fără mustrare, şi în acea alegere, toată lumea ta s-a prefăcut. Ai ţinut ascunsă o iubire ce nu se putea arăta, ai ferecat-o sub zâmbetul tău şters, ca pe un secret ce n-ar fi trebuit niciodată grăit. Nu mai erai doar regele ce domnea peste noi, ci un bărbat prins în vârtejul unei poveşti ce nu lăsa loc pentru ceilalţi, o poveste ce te zăvorâse în zidurile unei iubiri ascunse.

Şi, din acea clipită, toate au pornit pe un făgaş fără întoarcere, un drum ce nu cunoştea răgaz ori sfârşit. Paşii tăi, odinioară siguri şi hotărâţi, se făcură tot mai grei, tot mai domoli, iar depărtarea dintre noi spori cu fiece zi ce trecea. Te-ai prefăcut într-un străin, nu doar pentru mine, ci şi pentru toţi cei care îţi stăteau alături. Regatul pe care l-ai ridicat cu nespusă trudă părea să nu-şi mai afle loc în inima ta, iar fratele tău, cel ce ţi-a fost alături în toate, fu lepădat precum o umbră fără rost. Tot ce mai conta acum era acea taină, acea legătură nevăzută ce te atrăgea într-un hău ce se afla dincolo de noi. Lumea întreagă părea să se cufunde într-o pâclă groasă, o închipuire ce nu mai avea a face cu noi, cei rămaşi în urma ta.

Acum te privesc, iar în adâncul fiinţei mele se învârtejesc dragostea şi amarul, două stihii ce mă sfâşie deopotrivă. Te-am iubit Arthur, cu o putere pe care nici eu n-aş fi cugetat-o vreodată. Iubirea mea pentru tine a fost o neclintire, un jar ce a ars nestrămutat în mine, chiar şi în bezna ce ne învăluia. Te-am cinstit, te-am urmat fără vreo şovăială, m-am lăsat purtat de credinţa pe care ai sădit-o în mine. Dar, deopotrivă, m-ai zdrobit. Am privit cum te-ai înstrăinat, cum ai părăsit tot ce am făurit împreună, alegând să te zăvorăşti într-o lume numai a ta, o lume unde nici măcar eu, fratele tău, nu mai aveam loc.

Ai ales, frate, să-ţi porţi suferinţa în tăcere, să te mistui pe dinăuntru, iar eu nu am fost decât un martor nevolnic, neputincios să te smulg din prăpastia în care singur te-ai coborât. O iubire necuvântată, tainică, pe care n-ai avut puterea să o mărturiseşti vreodată, s-a prefăcut într-un jug nesfârşit de greu, o povară ce te-a zdrobit sub greutatea sa. Te-ai încuiat înlăuntrul tău, purtând dorinţe ce nu s-au plinit şi regrete ce n-au cunoscut alinare, fără să le împărtăşeşti nimănui, nici măcar mie, celui ce ţi-a fost aproape ca sângele din inima ta. Fiecare zi de tăcere a fost o rană adâncă pentru mine, o legătură ce se desfăcea fărâmă cu fărâmă sub apăsarea cuvintelor pe care nu le-ai mai rostit.

Şi iată-mă acum, în această odăiţă rece, scăldată doar de umbra unui opaiţ stingher, învăluit de un întuneric ce pare să înghită tot. Mă simt mai pierdut decât am fost vreodată, ca şi cum toate rosturile lumii mele s-au surpat, iar eu nu sunt decât o nălucă a celui ce am fost odinioară. Ce mai rămâne din mine fără tine, Arthur? Ce rămăşiţe ale noastre, ale legăturii noastre ce părea mai trainică decât piatra însăşi? Te-ai prefăcut într-o enigmă pe care mintea mea, oricât s-a străduit, nu a putut-o dezlega. O povară ce am încercat să o port, dar care, an cu an, mi s-a făcut tot mai străină. Te-ai îndepărtat fără de prevestire, lăsându-mă în urmă asemenea unui corăbier ce-şi pierde farul călăuzitor, căutând zadarnic o stâncă de care să se sprijine.

Şi, iată-mă, frate, cum stau acum, privind cum viaţa ta se

scurge ca nisipul dintr-o clepsidră, prins între două flăcări ce mă mistuie: iubirea ce m-a legat mereu de tine şi ura ce s-a ivit, la început firavă, dar care a crescut în tăcere, asemenea unei umbre ce-şi caută rostul sub soare. Această iubire, neschimbată, dar acoperită de straturi de durere şi de tăcerile tale nesfârşite. Acea ură tainică, ce s-a născut odată cu fiecare pas pe care l-ai făcut, tot mai departe de mine. M-am străduit să te înţeleg, dar nu mai e lumină care să-mi arate calea prin acest întuneric ce ne-a învăluit pe amândoi. Rămâne doar amintirea unui frate pe care l-am iubit mai presus de toate şi pe care, treptat, l-am pierdut. Iar golul pe care l-ai lăsat este o rană ce nu se va închide nicicând.

Aş vrea să te strig, să rup această linişte care apasă ca o piatră. Aş vrea să te întreb, cu glas tremurat:

'De ce?'

De ce ai ales să te afunzi în această tăcere? De ce ai îngropat adânc toate acele gânduri şi simţiri, lăsându-ne să ne zbatem într-o ceaţă a nesiguranţei, sfâşiaţi încet, dar sigur? De ce nu ai avut credinţă în mine, în noi? Cum ai putut să laşi să se destrame tot ce am fost, privindu-ne cum ne chinuim în neştiinţă, martori ai unui apus care nu şi-a găsit cuvântul? Eu am fost aici, mereu aici, fratele tău, gata să-ţi fiu sprijin, să-ţi ascult tăcerile şi să le înţeleg. Dar tu… tu m-ai alungat cu un zid nevăzut.

'De ce, Arthur?'

Dar şoaptele mele nu se mai lovesc decât de ecoul unui gol. Întrebările mele, rostite sau tăcute, nu mai găsesc drum spre tine. Şi totuşi, rămân. În această cameră ce pare să absoarbă fiecare sunet, fiecare fărâmă de viaţă, mă aşez lângă tine, ca un veghetor al unui foc ce abia mai pâlpâie. Mă agăţ de speranţa iluzorie că poate, cumva, vei deschide ochii şi-mi vei răspunde, chiar dacă doar cu o privire. Dar nu mai este nimic de spus. Nici pentru tine, nici pentru mine.

Ai ales să te retragi complet, să porți povara pe care nimeni altcineva nu ți-a cerut-o, să păstrezi pentru tine tot ceea ce te-a distrus. Și tot ce îmi rămâne este să privesc neputincios, să simt cum timpul se scurge, să accept că această poveste se va sfârși fără o concluzie, fără o alinare, fără un răspuns.

Te privesc, Arthur, și nu pot să nu simt o mână nevăzută ce îmi strânge inima. În tine văd o versiune a mea pe care n-am vrut niciodată să o cunosc – o reflecție a propriei mele neputințe, a propriilor mele frici. Iubirea mea pentru tine, frate, este de neclintit, chiar și acum, când simt că ceea ce te-a consumat pe tine începe să mă consume și pe mine. Iar resentimentele, acești spini ai inimii mele, nu sunt altceva decât o mărturie a durerii că nu te-am putut salva.

Până când acest foc slab va stinge ultima scânteie, voi fi aici. În tăcere. În durere. În amintire. Pentru că, indiferent de zidurile pe care le-ai ridicat între noi, tot fratele meu ești. Și în ciuda sfârșitului ce se apropie, iubirea mea, zdrobită, imperfectă, dar adevărată, îți va aparține mereu.

Și voi încerca, în mijlocul acestei dureri și învălmășeli, să mă împac cu ceea ce ai devenit și cu tot ce ai pierdut vreodată. Poate că nu voi înțelege nicicând întru totul, poate că nu voi ajunge nicicând să iert cu adevărat. Dar până atunci, voi rămâne aici, la capătul acestei călătorii, alături de tine, fratele meu, în tăcerea ce vorbește mai mult decât ar putea spune vreun cuvânt.

Te privesc pentru ultima oară, Arthur. În această tăcere grea, în această liniște apăsătoare, ceva se sfărâmă definitiv. Căci, în sfârșit, înțeleg. Chiar de-ai pierdut toate, chiar de-ai devenit un străin în fața ochilor mei, nu pot să te disprețuiesc cu totul. Nu pot să uit cine ai fost cândva, acea prezență care umplea orice loc, acea putere ce stăpânea tot ce atinge. Într-un fel, regele din tine nu a murit niciodată, chiar și în fața acestui sfârșit ce se apropie. Căci regele care ai fost nu se măsoară în puterea asupra oamenilor sau în slava ce ai clădit-o, ci în felul în care, chiar și acum, în mijlocul propriei tale căderi, încă îți păstrezi în ochi umbra acelei mari demnități, ce, în ciuda tuturor, nu poate fi risipită.

Nu voi uita niciodată regele ce ai fost. Chiar și acum, când ești doar un trup frânt, umbra acelei mărеții se păstrează, ca o adiere ușoară lăsată în urma unui vânt puternic, ce rămâne să bântuie aerul. Într-un colț al inimii mele, știu că te voi păstra astfel, ca pe un rege, chiar dacă lumea ta s-a prăbușit în jurul tău. Poate că nu voi mai afla niciodată răspunsuri, dar îți voi purta amintirea așa cum ai fost: un frate, un rege, un om care, la un timp, a avut totul și a pierdut totul. Și poate, în sfârșit, voi învăța a-ți ierta plecarea, căci, în această ultimă privire, te las să te duci în pace, știind că, chiar și în pierdere, ai rămas un rege.

Curtea de altădată

„În glorioasa ta vreme de apogeu, curtea se învârtea
într-un dans de veselie, dar eu, cu o presimțire amară,
am simțit umbrele ce se adunau în tăcere, chiar și atunci
când totul părea desăvârșit și plin de lumină."

Soarele ce ardea pe bolta cerească își lăsa razele aurite a se prelinge peste zidurile falnice ale castelului, care se înălțau drept străjeri ai eternității, priveghind tăcut asupra văilor și codrilor stăpânirii tale. Munții, brăzdați de semnele vremii ce nu iartă, ascundeau în adâncimile lor șoaptele domniilor pierdute și ale bătăliilor uitate. Fiecare piatră părea a purta pecetea războaielor biruite sau pierdute, încălzite parcă de pasul greu al strbunilor ce le-au străbătut. Împrejur, liniștea verii se întindea ca un val de mătase, spartă doar de ciripitul zglobiu al păsăretului, un cântec ce se împreuna cu mirosul dulceag al florilor ce se așterneau peste poieni. Ziua aceea, o zi limpede, stătea parcă agățată între vremuri, purtându-și liniștea asemenea unei făgăduințe a unei păci ce sfida tumultul trecutului.

În spatele zidurilor, tăcerea secolelor părea a se prăbuși sub vuietul vieții ce pulsa aprig în curtea ta, Arthur. Glasul supușilor tăi răsuna ca un cântec de izbândă, amestecându-se râsete cu chemări ce se înălțau către turnurile îndrăznețe și se răspândeau în cele mai tainice colțuri ale regatului. Curtea ta, aidoma unui stup viu de truditori și ostași, boieri și doamne, era chiar inima bătăilor regatului tău, unde strălucirea puterii se împletea cu povara datoriei, iar zâmbetele celor ce ți se închinau erau oglinda măreției ce o purtai.

Gloată de oameni trecea într-un șuvoi neostoit, ba cu pași iuți, ba cu alură de gravă cugetare, purtând știri adunate din cele patru margini ale stăpânirii tale: sărăcia ce bântuia părțile de miazăzi, biruințele cu greu smulse la hotarele răsăritului, ospețele și neliniștile ce tulburau apusul. Fiecare vorbă purtată era asemenea unui fir subțire, țesut în pânza întortocheată a regatului, ce se clătina mereu pe cumpăna unui echilibru nesigur. Deși multe dintre aceste vești purtau povara neliniștii, tu, Arthur, îi întâmpinai cu același zâmbet blajin, un zâmbet ce nu doar că înmuia inima poporului tău, dar răspândea asupra lor o pace aproape nepământeană.

În privirile celor ce se apropiau pentru a-ți cere blagoslovirea sau a-și grăi jurămintele de credință, se zărea mai mult decât cinstirea cuvenită unui rege; se citea o nădejde adâncă, aidoma celei insuflate de o coloană neclintită de piatră, ce stătea semeață în fața viforului. Pentru dânșii, erai mai mult decât un suveran – erai lumina călăuzitoare, o rază de nădejde ce spinteca negurile tulburi ale vremii. Și în iureșul acesta de vești, fețe și întâmplări, tu rămâneai neclintit, ca o stâncă ce ținea neabătut rânduiala tărâmului. Însă, în liniștea ta, nimeni nu putea întrezări cât de șubredă se făcuse cumpăna acestei stăpâniri.

Îmi șed limpede în minte, ca pecetluite în piatra vremii, acele clipe în care stăteam în preajma ta, frate al meu și rege al pământului acestuia. Era o mândrie necuprinsă ce-mi umplea ființa, căci nu te priveam doar ca pe sânge din sângele meu, ci ca pe stăpânul ce ținea, cu un firesc desăvârșit, frâiele unei lumi ce părea să-și plece fruntea în fața ta cu umilință blajină. Tu erai regele cel tare, temelia de granit a acestui regat, dar, mai presus de toate, cel mai drag și iubit dintre toți. Nu era suflet în hotarele stăpânirii tale care să nu simtă în preajma ta binecuvântarea unui har neînțeles, un dar ce aducea nădejde și tihnă.

Era ceva negrăit în privirea ta înaltă, în glasul tău ce cuvânta cu o blândețe ce ascundea fermitatea, sau chiar în tăcerea-ți semeață, ce înfricoșa și mângâia deopotrivă. Stăpânirea ta nu izvora din coroana de pe creștet, nici din pergamentul ce-ți pecetluia dreptul, ci din însăși firea ta. Felul în care pășeai prin această lume, de parcă însăși glia îți recunoștea domnia, făcea ca fiecare murmur de neîncredere să se risipească, precum negura în fața soarelui. În preajma ta, totul dobândea un rost tainic, iar liniștea ce veghea asupra regatului tău era atât de adâncă, încât părea un legământ nescris – o chezășie că sub aripa-ți ocrotitoare, orice viață era ferită de viforul necruțător al vremii.

La curte, totul părea a fi însuflețit de o rânduială desăvârșită, precum un ceasornic ce nu cunoaște piedică. Râsetele zglobii ale copiilor și veselia curtenilor se împleteau cuviincios cu înaltul sobor al îndatoririlor nobilimii, iar fiecare surâs ce ți se adresa, o, frate al meu, nu era doar semnul unei plecăciuni firești, ci pecetea unei credințe adânc înrădăcinate în sufletele noastre. În acele zile, regatul nostru părea un bastion neînvins, un turn de piatră ridicat spre ceruri, iar tu, Arthur, erai inima ce dădea viață acestui trup de neclintit, cârmuitorul ce ținea în mâinile sale toate firele acestei lumi. Aidoma unui țesător desăvârșit, brodai cu răbdare și iscusință o tapiserie a puterii și a unității, una ce părea neclintită în fața oricărei primejdii.

Și totuși, sub această fericire domoală, înșelătoare ca apele line ale unui râu adânc, o crăpătură tainică își afla loc. Nimeni nu zărea atunci cum, încetul cu încetul, din strălucirea ta fără de margini începea a se desprinde o umbră vicleană, ce își croia drum cu stăruință și meșteșug pe sub strălucirea ce orbea privirile tuturor. Chiar de păreai mai puternic și mai slăvit ca niciodată, o greutate neștiută pătrundea în sufletul tău, aidoma unei ploi mărunte ce sapă adânc în piatră fără veste. O, Arthur, cât de bine ascuns-ai acea povară de noi, cei ce te priveam cu ochi plini de încredere și dragoste! Dar iată, acum, revăd toate acestea cu amărăciune, căci încep a înțelege că sub această măreție se afla începutul sfârșitului nostru.

Curtea ta, Arthur, se arăta ca un adevărat teatru al măreției, un loc unde fiecare colț, fiecare umbră și lumină erau plămădite parcă de însăși mâna cerului. Sala cea mare, cu bolțile sale înalte și scăldate în aurul lumânărilor ce pâlpâiau în sfeșnice măiestrit lucrate, își întindea mesele lungi, acoperite cu brocarturi alese, pline de bunătățuri ce făceau gura să poftească. Fripturile, așezate pe tipsii de argint, abureau îmbietor; pâinile, rotunde și aurii, își revărsau mireasma caldă; fructele, culese cu grijă din livezile cele mai roditoare, stăteau răspândite în coșuri de nuiele, iar vinurile, rubinii și aurii, veneau aduse din cele mai renumite pivnițe ale regatului. Fiecare ospăț se prefăcea într-un praznic nu doar al belșugului, ci al unității regatului, ce pulsa sub sceptrul tău.

În acel aer îmbălsămat de arome dulci și îmbătătoare, glasurile viorilor și cântecul lăutelor se îngânau cu râsetele curtenilor, într-o armonie ce părea să atingă însăși desăvârșirea. Cum altfel ar fi fost cu putință, când cei mai iscusiți meșteri și artiști își aduceau în curtea ta darurile, aidoma unor pelerini ce aduc prinos unui altar? Sculpturi atât de vii încât păreau a respira, țesături de o gingășie ce sfida însăși firea, și zugrăveli care păstrau, pentru veacuri, chipurile celor ce făuriseră istoria acestui regat. Fiecare lucrare era o mărturie a măreției tale, o ofrandă ce înnobila locul ce te înconjura.

Râsetele noastre, Arthur, se îmbinau cu sunetul melodiilor, cu tropotul ușor al dansatorilor, creând o vrajă ce părea fără de sfârșit. Serile de praznic se întindeau până ce ceasul nopții bătea de mult miezul, iar glasurile, îmbătate de vinul cel dulce și de veselia nesfârșită, se topeau treptat într-o liniște tainică, ca un vis ce se destramă odată cu zorii.

Îmi aduc aminte, cu o dulce întristare amestecată cu melancolia vremurilor ce nu mai sunt, cum stăteam alături de tine, cufundați în tainele lungilor tale cugetări despre soarta regatului și visurile tale mărețe. Îmi zugrăveai, cu glasul tău fermecător și cu strălucirea din ochii tăi, o lume unde dreptatea și pacea ar fi fost stăpâne de neclintit, un tărâm ce ar fi dăinuit mai presus de noi, peste veacuri. Și eu, fratele tău credincios, m-am lăsat prins în mreaja acelor cuvinte, căci nicio umbră de îndoială nu putea să atingă încrederea ce o aveam în tine. În visul tău vedeam o flacără ce nu putea fi stinsă, iar în puterea ta – piatra de temelie a unui regat ce avea să lumineze lumea întreagă.

Era o vreme când nimic, nici soarta, nici vrăjmașii, nu păreau să poată clătina ceea ce tu, cu mâinile tale și cu tăria sufletului tău, ai ridicat. Regatul nostru, asemenea unei cetăți de granit, era sprijinit pe umerii tăi. Tu erai stânca neclintită, farul ce îndruma corăbiile rătăcite prin noapte. Niciun suflet nu îndrăznea să-și închipuie că o umbră, cât de firavă, ar putea să aducă pieirea acestui vis măreț.

Erai măreț, Arthur, o prezență de temut și de iubit totodată. Pașii tăi, răsunând prin sălile castelului, purtau ecoul unei autorități ce insufla siguranță. Glasul tău, domol ca o ploaie de primăvară, era auzit cu evlavie, iar sfaturile tale păreau desprinse din înțelepciunea timpurilor vechi. Fiecare hotărâre luată de tine era primită cu tăcere și smerenie, căci poporul nostru, nestrămutat în credința lui, vedea în tine un rege ce nu greșea. Curtea ta era o grădină a bucuriei, o cetate a armoniei. Părea că nici soarta, nici timpul nu ar fi îndrăznit să rupă această pace desăvârșită.

Regatul tău, Arthur, se întindea ca o hartă a măreției sub sceptrul tău, acoperind câmpuri nesfârșite și păduri adânci, sate pitite sub cerul limpede și orașe ce pulsau cu viață. În fiecare colț al acestui vast tărâm, amprenta ta era simțită – fie prin legea ta dreaptă, ce aducea ordine și echilibru, fie prin grija pe care o arătai chiar și celor mai umili dintre supuși. De la nobilul cel mai înalt până la țăranul care-și muncea pământul cu palmele crăpate, fiecare te privea cu o respectuoasă adorație. Ei știau că domnia ta nu era una a fricii, ci a dreptății, iar această certitudine îi unea într-un devotament ce părea de nezdruncinat.

Curtea ta era un sanctuar al sărbătorii. În mijlocul său, tu domneai ca un stăpân nu doar al regatului, ci parcă și al timpului însuși. În prezența ta, orele păreau să se topească, iar zilele să capete un ritm ce urma bătăile inimii tale. Tu erai soarele ce guverna această mică lume, iar noi, cei din jurul tău, ne învârteam în orbita luminii tale.

Și totuși... chiar și în acele zile de aur, când totul părea cufundat într-o perfecțiune fără cusur, o neliniște tăcută începea să-și facă loc. Era o umbră nevăzută, o prezență abia simțită, ce părea să încolțească undeva în străfundurile regatului. În adâncurile acestui paradis aparent, era un freamăt care mă neliniştea, un zvon fără glas ce îşi răspândea ecoul în tăcere.

Îţi urmăream chipul, frate, căutând alinare, dar ochii tăi, în anumite momente, păreau să spună altceva. Sub acea strălucire regală, se ascundea o povară pe care nu o dezvăluiai nimănui. Privirea ta, uneori, devenea adâncă precum o mare fără fund, iar eu, deşi alături de tine, nu puteam pătrunde misterul acelui abis. Era o poveste nespusă, o taină ce te lega, o umbră ce părea să-ţi încolţească în suflet, chiar în mijlocul strălucirii şi al cântecelor ce umpleau curtea ta. Acea umbră, Arthur, mă îngrozea mai mult decât orice duşman de pe câmpul de luptă.

Este un lucru greu de priceput pentru cei care doar privesc din afară: un rege ce pare că poartă în sine toată puterea şi desăvârşirea, dar care, în adâncul fiinţei, duce o povară nevăzută. O povară pe care, poate, nici măcar tu nu o puteai numi. Şi, în ciuda acestei nelinişti care se adâncea pe zi ce trecea, nimeni nu bănuia adevărata natură a frământărilor tale. Nici măcar eu, fratele tău, mereu aproape.

Zilele noastre curgeau lin, într-un ritm aproape sacru, dictat de obiceiurile regale: vânători prin pădurile nesfârşite, unde urma sălbăticiunilor ne purta în locuri unde doar soarele cuteza să pătrundă; turniruri în care măiestria sabiei şi năvalnicul cal erau elogiate de privitori; consilii solemne cu nobilii ce-ţi aduceau mereu poveşti despre pământurile lor şi rugăminţi pentru mai mult decât li se cuvenea. Iar serile, acele clipe tihnite, le petreceam deseori în liniştea curţii tale, privindu-te cum rămâneai gânditor la fereastră, contemplând apusurile roşiatice ce învăluiau câmpiile regatului într-o mantie sângerie. Totul părea o ilustrare a măreţiei tale, a lumii tale perfecte. Pacea, acea preţioasă comoară, adusese un fel de eternitate asupra regatului.

Apoi a venit acea toamnă prelungă, când pământul se îmbrăcase într-o mantie ruginită, iar foșnetul frunzelor uscate se amesteca cu ecoul vântului prin pădurile bătrâne. Ți-o amintești, Arthur? Ne aflam în pădurea Dracului, acel loc straniu și greu de pătruns din nordul Northumbriei. Aerul era rece și umed, înțesat de mirosul frunzelor putrezite și al fiarelor nevăzute ce pândesc din umbră. În acea zi, natura însăși părea un spectator al poveștii ce avea să se scrie.

Îmi spuneai că îți este sete... Fântâna din piatră, cu apă așa de rece și limpede precum cristalul, s-a ivit după falnicul stejar. Tu ai băut primul, eu te-am urmat. Nu m-am gândit niciodată că, ele, măiestoasele făpturi din poveștile mamei noastre, vor ajunge, din depărtatele câmpii ale Valahiei, până în pădurile noastre.

Cerbul acela alb... acel spectacol al pădurii, un simbol al unei purități ce părea să sfideze sălbăticia din jur. El ne-a purtat pe urmele sale până când am ajuns la marginea unei râpe adânci. Îți amintești cum m-am grăbit să trag primul? Săgeata mea, în loc să găsească ținta, a sfârșit pierdută printre crengile copacilor, iar râsul tău, acel râs cald și plin de viață, a răsunat ca un ecou ce parcă cutremura valea.

Dar acel râs vesel a fost curmat brusc, căci din umbra pădurii au apărut lupii – o haită mare, amenințătoare, ochii lor sclipind ca jarul în lumina palidă a amiezii târzii. Îmi amintesc cum instinctul m-a făcut să încordez arcul din nou, dar mâinile îmi tremurau. Tu, Arthur, ai fost cel care a rămas calm, impunător, cu sabia deja scoasă, un adevărat stâlp de neclintit în fața haitei. Și atunci, pentru o clipă, am văzut în ochii tăi nu doar curaj, ci și acea umbră tăcută – acea povară ce părea să-ți apese sufletul chiar și în fața unui pericol atât de evident.

Fără să clipeşti, ai întors calul şi ai venit spre mine, trecând printre lupi cu o hotărâre ce părea desprinsă dintr-un vis al vitejiei. Când colţii fiarelor s-au înfipt în carnea mea, iar sângele începea să curgă, ai fost acolo – o umbră strălucitoare a salvării. M-ai ridicat, ai scos sabia şi, cu mişcări precise, ai curmat ameninţarea, alungând moartea ce-mi suflase deja în ceafă.

Încă port semnele acelei zile, cicatrici adânci ce-mi brăzdează trupul ca nişte hărţi ale amintirii. Dar tu, Arthur, nu ai căutat niciodată recunoaştere. Mi-am dat seama mult mai târziu că ţi-ai rupt încheietura strângând hăţurile calului meu, dar nu ai spus nimănui. Pentru tine, nu era un sacrificiu, ci o datorie simplă şi firească. În acea pădure întunecată, printre umbrele copacilor, legătura dintre noi s-a cimentat mai puternic decât ar fi putut vreodată să o facă vreun jurământ sau turnir. Era ceva ce nici timpul, nici sabia vreunui duşman nu putea rupe. Acolo, într-o luptă cu fiarele pădurii, nu erai doar regele meu, ci fratele meu, sângele din sângele meu.

Şi totuşi, chiar şi atunci, simţeam în adâncul meu că perfecţiunea acelei lumi era o iluzie. Era prea fragilă, prea efemeră. Oricât de mult se bucura curtea de opulenţa vremurilor, oricât de pline de viaţă erau serile noastre, o nelinişte ciudată mă apăsa. În momentele de linişte, când privirea îţi cădea asupra regatului întins înaintea noastră, era ceva în ochii tăi – o umbră, o greutate pe care nu o împărtăşeai. Tăcerea ta era mai adâncă decât pădurea aceea întunecată, iar liniştea din jurul nostru părea prea desăvârşită, ca un vid care se pregătea să fie umplut de ceva teribil.

În acele clipe, o strângere de inimă mă încerca, ca şi cum lumea însăşi şoptea un avertisment: frumuseţea acestui regat, oricât de strălucitoare şi neatinsă părea, nu era sortită să dureze.

Ceva nevăzut, dar inevitabil, plutea în aer. Şi eu, fratele tău, simţeam acea ameninţare tăcută ca o umbră ce ne urma la fiecare pas.

Această neodihnă îşi aflase sălaş în cugetul meu asemenea unei umbre ce nu voia a se risipi. Nu pricepeam izvorul acestui simţământ, dar îl purtam în mine ca pe un prevestitor mut, asemenea unei linişti dinaintea furtunii ce pândea să lovească. Şi, cu toate fastul şi împlinirea ce ne înconjurau, o tainică şoaptă îmi grăia că aceste zile de aur nu se vor păstra în vecinicie.

Într-una din zile, când soarele îşi lăsa chipul peste zidurile cetăţii, răspândind o aură de foc peste piatra veştedă, am simţit o schimbare în văzduh. Era o tăcere stranie, o linişte care nu se potrivea cu rânduiala obştească a zilelor trecute. Curtea părea mai puţin zvonitoare, iar vântul adia cu blândeţe printre ramuri. Şi totuşi, un lucru mi-a atras privirea, făcându-mă să mă opresc, să stărui o vreme la umbra unui zid înalt.

Am zărit ceva în chipul privirii tale. A fost doar o clipire grăbită, un schimb fulgerător de ochiri, dar destul ca să-mi clatine temeliile încrederii. Era o umbră de îndoială acoperită de tăcere, o părticică de gând negrăit ce-şi afla sălaş adânc în ochii tăi. Nu erai tu acela care îmi ştia toate tainele gândurilor, nici eu nu purtam răspunsuri pentru cele ce-ţi frământau mintea, dar acea clipă m-a făcut să chibzuiesc. Oare şi tu, regele neînfricat, te pleci sub povara întrebărilor ce pândesc drumurile dinaintea noastră? Oare şi tu, cel care ai zidit un regat din neclintirea voinţei tale şi ai purtat cu semeţie greutatea coroanei, simţi în adâncul tău o nelinişte ce nu-şi află nume? Poate o temere ascunsă, tăinuită sub fiece zâmbet pe care-l dăruieşti celor ce te urmează?

M-am îmbiat să cred că sunt doar nălucirile mele, că toate sunt aşezate după rânduială şi nu există pricină de cutremur.

Că nimic nu ar putea strica cumpătarea regatului nostru și că tu, fratele meu, rămâi piatra neclintită a temeliei noastre. Dar acel ceas, acea privire ce s-a ivit ca o rază rătăcită, n-a voit să mă părăsească. S-a înfipt în gândul meu, adânc și neîndurător, precum o întrebare ce nu-și află glasul, o liniște ce se adâncește, greu de pătruns.

Chiar și atunci când râdeam împreună, când ne lăsam purtați de glume despre sorocul ce avea să vină, acea umbră nu voia să mă părăsească. Poate că și tu o simțeai, dar o ascundeai iscusit sub zâmbetul larg și cuvintele pline de nădejde. Te priveam pe tine și curtea cea însuflețită, cu nobilii, cavalerii și slugile ce te priveau cu admirație nemăsurată, dar în acele clipe când îți deschideai sufletul și ne împărtășeam cele mai tăinuite gânduri, acea frântură de neliniște se strecura din nou în pieptul meu. Era o presimțire tainică, un fior neștiut, ce mă străbătea de fiecare dată când îți ridicai privirea către zări, de parcă ochii tăi zăreau un tainic adevăr ce mie îmi scăpa.

Știam că ceva se pregătea să se schimbe, dar nu puteam descifra chipul acelei schimbări. Poate că povara tronului îți apăsa umerii cu mai multă greutate decât îmi lăsai să cred. Sau poate că era un zbucium mai adânc, ceva ce cuvintele nu puteau rosti, ceva ce nici măcar tu nu izbutiseși să dezlegi. Cu toate izbânzile tale, cu toată strălucirea regatului tău, ce-și afla chipul precum o perlă rară în inima unei lumi zbuciumate, simțeam că erai prins într-o mreajă din care nu aflai scăpare.

Regatul tău ajunsese în culmea măririi, Arthure, iar tu erai socotit regele tuturor regilor. Nimic nu părea să-ți stea împotrivă, iar izbânzile tale erau prilej de slavă pentru toți. Și totuși, în acea clipă, în acea privire ce s-a împreunat cu a mea, am deslușit ceva dincolo de o simplă neliniște. Am înțeles că nu totul era așa cum părea. Poate că erai mai singur decât arătai. Poate că și în tine se strânseseră temeri și întrebări nerostite, ce nu mai puteau fi ascunse sub măreția coroanei strălucitoare.

Poporul te privea cu adorație, iar curtea ta părea tot mai plină de lumină și viață cu fiece zi ce trecea. Dar eu, fratele tău, începeam să zăresc schimbări tainice în purtarea ta. Erau mici, abia simțite, dar ochiul meu le culegea ca pe semne ale unui zbucium nevăzut. Uneori te aflam tăcut, cu privirea rătăcind peste zări, ca și cum gândurile tale se rostogoleau dincolo de zidurile acestei cetăți, mai departe chiar decât hotarele regatului tău. Gânditor, pierdut în visare, ba chiar păreai cuprins de o melancolie apăsătoare, ca și cum ceva nevăzut îți mistuia sufletul, un rău fără chip, ale cărui rădăcini rămâneau dincolo de puterea vorbelor.

Nu-ți plăcea să lași să se vadă. Știam că doreai să fii puternic, neclintit, stâlp de nădejde pentru toți cei ce-și aținteau ochii spre tine. Dar eu te cunoșteam prea bine, Arthure, și știam când zâmbetul tău era doar o mască menită să ascundă o tulburare lăuntrică, când glumele tale erau scuturi ridicate împotriva întrebărilor ce ar fi putut atinge inima ta. Încercam să te trag în taina vorbelor, să pătrund ce te apăsa cu adevărat, dar de fiecare dată ocoleai subiectele grele, alungându-le cu un zâmbet prefăcut sau cu o vorbă ușoară. Parcă între noi se ridicase un zid nevăzut, o despărțitură pe care nu cutezai să o sfărâmi.

Nu mai era ca odinioară, când inimile noastre vorbeau fără cuvinte, când grijile tale îmi deveneau mie povară împărțită. Acum părea că te retrăgeai, ascunzându-te de mine, de parcă purtai un tain ce nu voiai a-l împărtăși nici măcar fratelui tău. Și totuși, nu te osândeam pentru asta. Nici nu te priveam cu judecată. Doar o grijă mută îmi cuprindea sufletul.

Și totuși, acea curte, acea viață ce o trăiam în acele zile, părea desăvârşită. Ne îmbătam cu iluzia fericirii, convinşi că asta era rânduiala pe care o meritam, că nimic nu ne-ar putea surpa. Credeam că regatul nostru, asemenea unui turn de fildeş, şi bucuria noastră, asemenea unui soare nestins, erau de neclintit. Zilele treceau în tihnă şi veselie, iar pe chipurile tuturor se citea acea lumină senină a încrederii că vremurile de aur nu vor cunoaşte apus. Împărţeam ospeţe şi râsete, schimbam priviri pline de admiraţie şi speranţă, ca şi cum am fi trăit într-o lume smulsă din poveştile copilăriei noastre.

Privind acum înapoi, cu acea claritate pe care doar anii o pot aduce, pricep că acea perfecţiune era doar o amăgire, fragilă precum o cupă de cristal ce strălucea orbitor sub razele soarelui, dar gata să se sfărâme la cea mai mică atingere greşită. Sub vălul de linişte ce părea să învăluie regatul nostru, acolo unde niciun ochi nu îndrăznea să pătrundă cu adevărat, se ascundea o umbră întunecată, o putere mocnindă ce, odată dezvăluită, ar fi răsturnat toate certitudinile noastre.

Nu erau doar regatele vecine ce ameninţau pacea noastră, nici foştii duşmani care îşi ţeseau uneltirile din umbră. Era ceva mai adânc, o nelinişte nevăzută ce sălăşluia în noi înşine, în sufletele noastre, o fisură tainică ce începea să roadă tăcut temeliile legăturilor noastre. În acea aparentă pace ce domnea asupra curţii tale, Arthure, am început să simt o disonanţă subtilă, greu de numit, dar de care ştiam că într-o bună zi îşi va arăta chipul.

Tu erai regele nostru, Arthure, şi eu eram fratele tău credincios, cel ce-ţi stătea mereu alături, în umbra ta, gata să-ţi sprijin orice povară. Dar între noi, chiar şi atunci, începeau să se ivească primele crăpături. La început, erau abia simţite, atât de mărunte încât nici eu nu aveam curajul să le recunosc. Eram prea plin de încredere în puterea noastră, în legătura noastră frăţească, ca să primesc gândul că ceva s-ar putea rupe în tăcere. Şi totuşi, le simţeam. Era o distanţă invizibilă ce se lăsa între noi, o tăcere ce începea să umple locul cuvintelor noastre, o absenţă stranie, acolo unde altădată domnea o înţelegere deplină.

Şi, în adâncul inimii mele, pricepeam că o schimbare era scrisă în stele. Poate că nu pătrundeam pe deplin rostul sau pricina, dar simţeam cum legătura noastră, odinioară trainică precum o funie împletită cu grijă, începea să se destrame încet, asemenea unui fir subţire de mătase care, oricât de mult ar fi rezistat, sfârşeşte prin a ceda sub o povară nevăzută. Destinul nostru, al tău şi al meu, părea să se apropie de un prag al cotiturii, iar eu, fratele tău credincios, nu aflam cuvinte potrivite să-ţi mărturisesc ce umbre îmi bântuiau gândurile.

Şi totuşi, chiar şi în clipele acelea de îndoială tăcută, mă agăţam de speranţă, spunându-mi că toate vor rămâne precum erau. Că regatul nostru, acest regat strălucitor, va rămâne nezdruncinat. Că tu vei rămâne acel rege al cărui glas domolea furtuni şi aducea pace în suflete. Dar ce nu ştiam atunci, Arthure, şi ce înţeleg acum, privind prin ochii trecutului, este că acele fisuri erau doar începutul unei prăbuşiri mai mari decât orice război purtat cu sabia sau orice trădare şoptită în întuneric. Era sfârşitul unei epoci, o prăbuşire ce avea să ne răvăşească pe toţi.

Fragilitatea morții

„În fața morții tale, un val de vinovăție și de regret m-a cuprins, cu gândul că poate loialitatea mea a fost complice la propria ta prăbușire, un blestem tăcut al unei loialități nestrămutate."

Zaci acum întins pe patul morții, iar umbrele se prelungesc pe zidurile acestei odăi, sporind întunecimea dinăuntru. Cămara aceasta, unde ai viețuit, ai râs și ai cârmuit, s-a preschimbat în temnița în care moartea însăși domnește, iar tu te afli robit de chinul unei pierzanii necruțătoare. Fiece suflare de-a ta e trudă, un țipăt mut în fața unui prinos nemilos, ce te ține în chingi fără milă. În privirile tale nu mai zăresc nimic din vâlvătaia strălucirii de odinioară, doar o grea povară, o apăsare adâncă, ce nici tu însuți nu o poți desface. Mă simt rob în această văpaie a tăcerii, în acest vifor ce mă apasă precum o menghină.

Rob al părerii de rău și al vinovăției ce-mi scurmă sufletul, căci, într-un chip ori altul, știu că n-am izbutit să te păzesc cum se cuvenea. Am fost fratele tău, însă n-am deslușit semnele, n-am înțeles tâlcul acelei umbre ce se lăsa pe chipul tău. Și acum, când clepsidra își risipește din urmă nisipul, mă mustru că n-am știut a te întreba, că n-am izbutit a te izbăvi de singurătatea și dorurile neîmplinite ce te-au purtat pe acest făgaș. În loc de lămuriri, nu-mi rămâne decât tăcerea greoaie și această durere mută, ce nicicând nu va pieri.

Șed acum lângă tine, frate al meu, și simt cum greutatea neputinței îmi apasă sufletul, o povară de care nu mă pot descotorosi, oricât aș vrea. În tăcerea grea a acestei odăi, fiecare răsuflare a ta se aseamănă cu bătăile unor aripi zdrobite, ce trudesc a rămâne în văzduh. Mi-e frică să-ți ating trupul, să nu zdrobesc cumva ultima scânteie de vlagă ce mai licărește în tine. Și totuși, dorința de a te cuprinde și a te feri de toată suferința pământului mă arde, mă mistuie înlăuntru.

Te privesc îndelung și mă chinuiesc a pricepe cum de am ajuns la ceasul acesta. Unde sunt zilele când erai stâlpul pe care mă sprijineam fără teamă, fără îndoială? Chipul tău, ce odinioară era strălucitor de hotărâre și plin de înțeleaptă stăpânire, e acum acoperit de o paloare, semn vădit al durerii și al trecerii fără cruțare a timpului. Ochii tăi, aceiași ochi ce țintuiau mulțimile și porunceau respectul cu neclintire, sunt acum pe jumătate închiși, adânciți într-o ceață de unde parcă nu se vor mai întoarce niciodată.

Mâinile tale… Le privesc și simt în pieptul meu un fior ce poartă în sine revoltă și amărăciune. Cândva, aceste mâini au croșetat țesătura lumii noastre, dând rânduială haosului și suflând viață acolo unde domnea neantul. Acum, însă, sunt doar umbre ale vremurilor de demult, slăbite și neputincioase, asemenea unor ramuri frânte sub urgia furtunilor nemiloase. Degetele tale, care odinioară țineau cu neclintire fie spada, fie pana, abia de mai pot răspunde unei chemări tăcute, parcă venite din altă lume.

Și totuși, în această icoană a deznădejdii, sufletul meu se agață de un fir subțire de nădejde. Acesta-i acolo, nevăzut, ascuns în liniștea grea ce ne înconjoară, ca o rugă nespusă, rostită doar în gând. De nu mai poți tu lupta, frate al meu, făgăduiesc eu să port mai departe această bătălie. Însă am trebuință de tine. Am trebuință să știu că mă auzi, că simți prezența mea, că ești aici, în ciuda umbrelor ce te cheamă. Fiecare clipă ce mi se îngăduie alături de tine devine o mărturie pentru viață, un strigăt în fața acestui abis ce pare gata să ne înghită pe amândoi.

Greu îmi este a primi cele ce s-au abătut asupra ta, fratele meu, și mai cu osebire pierzania ce s-a așternut între noi. Tu, ce ai fost odinioară stâlpul neclintit al regatului, făclia ce lumina cărările noastre prin întunecime, ești acum doar o vedenie vie a măreției ce te-a fost învăluit cândva. Sub umbra ta m-am zidit, am învățat și am trăit, purtând în piept mândria fiecărui pas făcut alături de tine. Noi eram asemenea două jumătăți ale unui întreg nedespărțit — tu, flacăra aprinsă de o tărie nemaiîntâlnită, iar eu, vântul ce te întețea, urmându-te cu o credință nezdruncinată. Dar astăzi, acea flacără abia de mai pâlpâie.

Te privesc și simt în pieptul meu o durere ce nu poate fi rostită. Ceva s-a sfărâmat, iar acea prăbușire nu-i doar în tine, ci și în mine. Unde este acel rege ce purta în mâinile sale soarta unui neam întreg? Unde este fratele meu, cel ce nu cunoștea nici frica morții, nici sfiala în fața Domnului? Acum, ochii mei te află doar o umbră a aceluia care ai fost. Un trup slăbit, o privire rătăcită, un grai ce abia mai poate șopti. Și mă întreb, copleșit: unde s-a risipit acea putere, acea vedere limpede ce ne dăruia rost și ne ținea uniți?

Regatul tău se află acum în cumpănă, iar eu, cel ce odinioară pășea pe urmele tale fără a-ți tăgădui vreodată hotărârile, mă simt pierdut, asemenea unei corăbii fără catarg. Este ca și cum s-ar fi frânt ceva mai prețios decât un legământ de frăție — s-a surpat însăși temelia lumii ce ne-a fost așternută sub pași. Aș voi să te strig, să te clatin, să te chem să te ridici iarăși în picioare, însă adevărul îmi este limpede: nici toate graiurile pământului nu ar putea redeștepta pe cel care ai fost odinioară.

Și totuși, rămân aici, frate al meu, prins între veninul amărăciunii și firul subțire al nădejdii. Mă împotrivesc gândului că acesta ar fi sfârșitul tău, al nostru. Poate că în tăcerea aceasta apăsătoare zace un tâlc pe care mintea mea nu l-a pătruns încă. Poate că regele n-a pierit cu totul, ci doar a ales a-și ascunde strălucirea, punând la încercare inimile celor ce l-au iubit. Dar, până ce voi afla adevărul, sunt prizonier, frate, într-un loc unde nici măcar dragostea mea nestrămutată pentru tine nu poate lega rana ce se adâncește cu fiecare ceas.

Cum am ajuns aici, Arthur? Cum s-a îngăduit sorții să te prăbușească astfel, făcând din măreața ta ființă o umbră ce abia mai pâlpâie? Starea ta mă înspăimântă, mă zdrobește sub greutatea nesfârșitelor mele regrete. Sunt prizonier al propriilor mele gânduri, rătăcind fără ieșire prin labirintul vinovăției. Mă întreb necontenit: unde am greșit? Ce altă cale aș fi putut urma? Ce cuvânt negrăit, ce gest nepurtat ar fi putut schimba urzeala acestui destin necruțător?

Te privesc, și nu doar chipul tău istovit mi se înfățișează, ci și destrămarea a ceea ce ne-a legat pe vecie. Îmi vin în minte vremurile când eram una, de nezdruncinat, când nicio vijelie nu putea sfărâma temelia legăturii noastre. Dar, cu trecerea anilor, s-a ivit o fisură. Te-ai îndepărtat, iar eu... eu am ales să tac. Semnele, Arthur, le-am văzut. Le-am văzut prea bine, dar m-am amăgit singur. M-am ascuns în minciuna unei siguranțe false, crezând că tăria ta este veșnică, de neclintit. Am fost orb la frământările ce-ți mistuiau sufletul, la luptele nevăzute ce-ți subjugau ființa.

Acum, tăcerea mea mă bântuie ca un duh al păcatelor uitate, transformându-se într-un ecou necontenit al greșelilor mele. Mă gândesc, dacă aș fi vorbit, dacă aș fi îndrăznit să-ți mărturisesc temerile mele, dacă aș fi avut curajul să te opresc, oare soarta noastră ar fi fost alta? Am fi păstrat neștirbită tăria regatului? Ai fi fost tu, frate al meu, mai fericit? Dar aceste întrebări rămân doar umbre de gând, pierzându-se în acest tărâm al disperării. Iar eu, stând acum în fața ta, nu sunt decât un frate sfâșiat de vinovăție, neputincios martor al acestei prăbușiri cumplite.

Greu îmi este să pricep cum tu, cel ce purtai odinioară povara unui întreg regat cu o măiestrie de neegalat, ai ajuns prizonierul propriilor tale slăbiciuni. Dar și mai crunt este a ști că am fost martor mut al acestui prăpăd, că n-am avut curajul să-ți întind mâna înainte ca prăpastia ce te cuprinde să se facă de netrecut. Și acum, această povară neagră mă apasă, zdrobindu-mi până și ultima fărâmă de nădejde, în timp ce-mi șoptește cu glas perfid: poate chiar eu, frate al tău, te-am lăsat să cazi.

De-aș fi avut puterea să-ți rostesc vreodată un cuvânt atunci când am simțit că ceva în tine nu mai era cum se cuvine, poate că șansa ne-ar fi zâmbit. Poate că doar printr-o singură mărturisire ai fi înțeles că nu ești singur, că n-ai a te lupta cu nenumărații tăi demoni într-o tăcere surdă. Dar tăcerea mea, acea tăcere ce acum mă împovărează ca o piatră de moară legată de grumazul meu, a fost alegerea mea. Și iată, o port cu mine, precum un blestem de nelepădat.

Când îți vedeam ochii pierduți în hăuri de gânduri ce nu-mi erau cunoscute, mă îndepărtam, în loc să mă apropii. Când simțeam cum liniștea ta devine ca un abis nesfârșit, alegeam să cred, nebun cum eram, că vei răzbi din nou, așa cum făcuseși de nenumărate ori în trecut. Că furtunile ce te copleşeau nu-ţi vor clătina sufletul, că voinţa ta de fier te va ridica. Dar am fost orb. Nu m-am întrebat vreodată ce se petrecea în adâncurile tale, ce lupte îţi sfâşiau inima, ce amaruri îţi întunecau mintea şi ce răni nevăzute îţi răneau însăşi fiinţa.

Şi acum, în faţa-ţi, frate, tot ce-mi rămâne este să mă osândesc. Mă simt ca un martor mut al propriei tale pierzanii, neputincios în clipa când tu, mai mult ca oricând, aveai trebuinţă de sprijin. Dacă aş fi rostit un singur cuvânt, poate că nu te-ai fi cufundat în acea tăcere îngheţată. Dacă aş fi stat neclintit lângă tine, poate că ai fi aflat tăria să te ridici. Dar n-am fost. Şi acum, doar liniştea secerătoare stăruie între noi, iar întrebările fără răspuns îmi sfâşie gândul, mă mistuie pe dinăuntru. Poate că vina îmi aparţine, poate că tăcerea mea a fost veriga lipsă ce te-a împins spre prăpastie.

Îmi amintesc, cu o dureroasă limpezime, acea clipă în care s-a frânt ceva în tine, acea schimbare firavă, dar neîndoielnică. Ochii tăi, ce odinioară străluceau de hotărâre şi siguranţă, au început a-şi pierde lumina, iar o tristeţe adâncă, nevăzută, mi-a străpuns inima. Atunci am simţit că te îndepărtezi, nu prin paşi făcuţi înapoi, ci pe o cale tainică, una pe care eu nu o puteam urma. Te priveam, năuc şi neputincios, căci nu pricepeam, dar ştiam că înlăuntrul tău se purta o bătălie aprigă, o durere ce nu-mi era dat a o alina.

Era ca şi cum erai pe punctul de a-mi împărtăşi o povară, ceva ce-ţi rodea sufletul, însă cuvintele ţi se prefăceau într-o lespede de netrecut. Zâmbetul tău, masca purtată cu atâta îndemânare, se crăpa încet, dar nu grăiai. Părea că însăşi rostirea îţi devenise povară, iar eu, deşi lângă tine, te simţeam pierdut într-un tărâm de tăcere, o lume la care nu aveam putinţa să ajung. Erai aproape, dar îndepărtat; prezent, dar parcă mistuit de umbre.

Poate că, în acele clipe, nici tu nu știai pe deplin ce se petrecea în adâncul sufletului tău. Poate că te temeai de ce ar putea însemna rostirea gândurilor tale, de avalanșa de schimbări pe care ar fi putut-o aduce mărturisirea unei slăbiciuni. Ori poate că nu găseai în tine curajul de a-ți înfrunta propriile temeri. Dar eu, frate, vedeam în tăcerea ta un rămas-bun nerostit, un semn mut al pierzaniei tale. Ai ales să-ți ascunzi durerea, să o îngropi adânc, departe de mine, cel ce ar fi trebuit să-ți fie cel dintâi sprijin. Și, deși buzele tale nu au rostit nimic, sufletul tău striga, iar eu, orb și surd, nu am auzit chemarea.

Acum, în tăcerea apăsătoare a acestei odăi, îmi este limpede ceea ce atunci nu am priceput. Cum am putut să fiu atât de orb, să trec nepăsător pe lângă semnele unui război ce te mistuia? Zâmbetul tău, care odinioară aducea nădejde și lumină, devenise o mască ce ascundea prăpastia din sufletul tău. Pașii tăi, cândva fermi și plini de hotărâre, se îngreunaseră, nesiguri, de parcă însuși pământul refuza să-ți mai ofere sprijin. Ochii tăi, acei ochi care ardeau de vieție și putere, se stinseseră încet, lăsând în urmă o umbră a celui care ai fost.

Și eu, fratele tău, am privit toate acestea fără să le deslușesc. Am crezut că vei trece peste, că te vei ridica iarăși, așa cum ai făcut de nenumărate ori înainte. M-am amăgit, convingându-mă că tăcerea ta era doar o răgaz, o liniște de dinaintea furtunii ce avea să-ți redea forța. Dar nu am văzut că acea liniște era începutul sfârșitului, ecoul unei bătălii pierdute încă înainte de a începe. Și acum, povara greșelilor mele mă apasă mai greu decât orice armură, căci te-am pierdut nu doar ca rege, ci și ca frate.

Mi-a fost, poate, frică, frate al meu, de a privi în față adevărul ce se ascundea sub chipul tău. Am grăit mie însumi că nu-i cuviință a te împovăra cu tâlcuirile mele, ci mai de grabă aştepta-voi ca tu însuţi să slobozăşti vorbele ce-ţi stăteau pe suflet. Dar nu fu aşa. În loc, te-ai încumetat a purta lupta în tăcere, iar eu, cu toată apropierea mea, nu fui decât un jalnic călător ce privea de departe cum suferinţa te mistuie. Greu îmi vine a cugeta că am lăsat semnele să treacă precum vântul printre ramuri, că am nădăjduit nebuneşte că tăcerea ta va grăi în locul tău, fără să fiu acolo să o ascult cu mintea şi cu inima întreagă.

Acum mă întreb, frate, ce s-ar fi aflat de m-aş fi arătat mai veghetor, mai iscusit în a desluşi necazurile tale. Poate că ar fi fost o altă cărare, una mai cu milă, ce s-a pierdut acum sub greutatea neştiinţei mele celei prosteşti. Tot ce-mi mai rămâne este să scormonesc prin pajiştea amintirilor mele, căutând urmele tăcerii mele, acea tăcere ce fu, la rându-i, un semn de părtaşie la chinul tău.

Era o seară grea, când cerurile, ca şi cum ar fi fost cuprinse de plâns, se-ncununară de nouri grei, iar vântul şuiera ca şi când ar fi cântat un blestem. Atunci venişi la mine, cu acea privire ce-mi părea străină şi de nestăpânit. Era o privire ce-mi răscoli fiinţa precum fulgerul spintecă noaptea. Între noi şedea o nelinişte nespusă, un duh nevăzut ce plutea şi apăsa.

Am încercat să te îmbărbătez, să-ţi arăt că nu eşti singur în această povară, că pot purta şi eu o parte din greul tău. Dar tu, frate, ai ales tăcerea. Şi din acea tăcere au răsărit cuvinte ce păreau liniştitoare: „Nimica nu-i greşit", „Toate vor fi bine". Cuvinte ce atunci le-am luat drept adevăr, dar care acum îmi răsună în urechi ca un cântec fals, o mască pusă peste un rən adâncă ce nu-şi afla lecuirea.

Şi eu, frate al meu, ştiind prea bine povara tăcerii ce sălăşluia între noi, am ales să nu stărui. M-am înşelat singur, cu gândul că, poate, vei deschide singur uşa sufletului tău când ceasul va fi prielnic, că vremea va aduce cu dânsa cuvintele pierdute. Dar am refuzat să văd semnele cele vădite și m-am lăsat ademenit de nădejdile deșarte ce se ascundeau în vorbele tale. „Totul părea să fie în rânduială," mi-am zis.

Acum însă, cu ochii luminați de greutatea târzie a regretelor, văd limpede că acea tăcere fu un strigăt mut, un strigăt pătruns de durere, pe care nu l-am deslușit atunci. Acea chemare tainică ar fi trebuit să mă îndemne să sap mai adânc, să sfărâm platoșa de netrecut pe care ți-o țeseai în jurul inimii. Nu am făcut aceasta și iată-mă acum, singur cu această povară a înțelegerii târzii, ce mă înconjoară și mă strânge cu brațele sale nemiloase.

De-aș fi cunoscut atunci ceea ce cunosc astăzi… Poate că aș fi văzut prin masca pe care o purtai, poate că ne-am fi împărtășit tăcerea, în loc să o lăsăm să ridice un zid între noi. Dar acum, tot ce-mi rămâne sunt umbrele acelei seri și amarul unui regret ce nu-și află alinarea.

De ce, mă întreb, nu am pus întrebările ce se cuveneau? De ce am ales a lăsa tăcerea să dăinuiască între noi, când trebuia să sparg zidul neînțelegerii? Vorbele tale, deși păreau liniștitoare, aveau o răceală ce mă zgâria în adâncul inimii, o răceală ce le arăta prea îndepărtate pentru a fi adevărate. De ce nu am văzut atunci că „totul va fi bine" nu era decât o mască, o platoșă țesută din nevoia ta de a ascunde durerea ce te mistuia lăuntric? Știam, frate, știam că nu erai bine, știam că acele cuvinte nu erau decât o nălucă a unei liniști pe care o simțeai tot mai departe, dar de ce am tăcut? De ce nu am rostit niciun cuvânt, de ce nu am făcut nimic mai mult decât a privi, neputincios, către tine?

Te-ai străduit, frate al meu, să-ți păstrezi chipul nemișcat și așezarea duhului neclintită, dar ochii tăi, aceia care odinioară grăiau cu tărie și semeție, acum purtau o lumină șovăielnică, arzând de o durere ce nu putea fi cu totul ascunsă. Acei ochi, ce altădată erau porţi deschise spre o voinţă nestrămutată, deveniseră acum ferestre spre un adânc necunoscut, spre o lume a ta pe care nu voiai s-o împărtăşeşti nici cu mine, dar pe care nici eu nu am cutezat s-o cercetez atunci. Privirea ta, deşi strălucea, nu mai avea acea flacără aprigă ce o ştiam; era o strălucire stinsă, abia pâlpâind, precum o candelă ce arde în bătaia unui vânt necruţător.

În acea clipă, am zărit ceea ce tu te sileai să ascunzi: slăbiciunea ce ţi se strecurase în trup, fragilitatea ce-ţi cutremura sufletul, iar sub greutatea acelei poveri nevăzute, inima ta tresălta ca o pasăre prinsă în plasă. Durerea ta era limpede, iar eu, deşi o vedeam, am ales să tac.

În adâncul meu, şoptind ca o umbră, ştiam că ceva nu era bine. Dar m-am înşelat singur, dorindu-mi să cred că totul e în rânduială, că nu aveam pricini de îngrijorare. Poate mi-a fost teamă, poate n-am vrut să văd. Şi astfel, am lăsat adevărul să-mi scape printre degete. Acum, când privesc în urmă, regret fără margini că n-am îndrăznit să-ţi întreb sufletul, să pătrund ce se ascundea dincolo de masca bine ticluită ce-ţi ocrotea durerea.

Acest gând al vinovăţiei mă sfâşie, asemenea unui junghi ce nu-şi află alinarea. Mă apasă ca o povară ce nu poate fi lăsată jos, mă învăluie cu şoapte grele, ca o osândă nesfârşită. Şi fiecare amintire a privirii tale pierdute îmi răsună ca o acuzaţie fără sfârşit. Sunt ca un părtaş într-o dramă ce nu trebuia să se împlinească, dar pe care tăcerea mea a hrănit-o.

De-aş fi făcut ceva atunci, de-aş fi rostit cuvintele potrivite când ţi-am simţit suferinţa în privire, poate că altfel ar fi fost. Dar am ales calea tăcerii, am ales să mă încred în trecerea vremii, socotind că ea va lecui totul. Şi acum, rămân doar cu umbra acelui moment, cu amărăciunea faptului că, prin pasivitatea mea, am lăsat ca această prăpastie să se adâncească între noi.

Acum, fiecare ceas în care am zărit tăinuita mâhnire din ochii tăi, fiecare zi în care te-am văzut retrăgându-te tot mai adânc în învelișul mut al tăcerii, sunt ca niște pumnale care-mi sfârtecă lăuntrul. Fiece clipită în care am ales să-mi pecetluiesc buzele, când trebuia să rostesc, mă afundă tot mai mult în osândă. Aș fi putut să-ți cer să mă lași să te sprijin, să-ți grăiesc că-ți sunt aproape, că nu se cuvine să porți povara singur. Dar n-am făcut-o. Am îngăduit, în schimb, ca acea prăpastie a tăcerii să crească între noi, iar acum mă prăvălesc în adâncurile sale.

Fiecare zâmbet silit ce l-am văzut pe chipul tău, fiecare cuvânt pe care l-ai ocolit, fiecare tăcere ce în sine striga a jale, sunt acum ca niște pietre de moară ce-mi strivesc duhul. Mă întreb, frate, dacă, într-o altă rânduială a sorții, de-aș fi cutezat să-ți vorbesc, să pătrund acele ziduri ce le-ai ridicat, poate că altfel ar fi fost. Dar acum… Acum e prea târziu. Regretul este tot ce mi-a rămas, iar vina mă urmărește ca o umbră neadormită, gata să-mi șoptească în tot ceasul al meu eșec.

Cum, cum am putut să las să treacă vremea fără a vedea semnele? Cum n-am putut citi povara ce o purtai, ce-ți apăsa inima și ochii? Când privirea ta, acea seară, mi-a grăit fără cuvinte, pierdută și totuși pătrunsă de o tainică hotărâre, trebuia să te întreb. Trebuia să pășesc în întunericul tău, să-ți fiu tovarăș în acele clipe, să împărțim acea tăcere ce ne-a despărțit. Poate că atunci am fi oprit această cădere. Poate că regatul tău nu s-ar fi frânt, poate că nu te-aș fi văzut acum, zdrobit și risipit, precum un ostaș răpus sub povara propriilor arme.

Dar, în loc să-ți rostesc acele întrebări, m-am ascuns după tăcerea mea, mulțumindu-mă să cred minciuna alinătoare a vorbelor tale: „Totul va fi bine.” Chiar și atunci când simțeam acea răceală, acel gol nedefinit ce se întindea între noi, am ales să cred. Dacă mi-aş fi făcut drum prin acea tăcere, dacă ţi-aş fi fost alături cu adevărat, poate că povara ta ar fi fost mai lesne de purtat. Poate că regatul tău nu ar fi ajuns să şovăie, clătinându-se la fiece pas. Poate că n-ar fi fost prea târziu.

Acum, însă, regretele mă apasă precum o piatră funerară, greu de urnit, veşnic de purtat. Tăcerea ta din acele zile îmi răsună necontenit, mai răspicată decât orice glas omenesc, mai răsunătoare decât orice cuvânt ce mi-ai fi putut rosti vreodată. Şi eu, fratele tău, am fost cel ce a îngăduit ca această tăcere să ne apese deopotrivă. Tot ce-mi rămâne este să mă rătăcesc printre umbrele regretelor şi să mă întreb, mereu şi mereu, ce am fi putut schimba, ce am fi putut să fim, de nu aş fi lăsat acele semne să treacă pe lângă mine ca nişte umbre fără glas.

Am străduit, frate al meu, să-ţi fiu alături, să dezleg tainele ce-ţi zăceau adânc în suflet. Am nădăjduit să pătrund vălul acelei tăceri ce părea să te învăluie tot mai mult. Dar n-am izbutit. M-am lăsat orbătit de dorinţa mea de a crede într-un adevăr plăsmuit, de a nădăjdui că, precum odinioară, vei străbate furtuna şi vei birui. Că regatul tău va înflori iar, că vei rămâne acel rege neclintit, acel far ce m-a călăuzit. Dar nu am zărit ce se afla dincolo de masca-ţi de calm, nu am privit adânc în vâltoarea luptei ce-ţi mistuia fiinţa. O luptă tăcută, un război nevăzut ce ţi-a prădat inima până la ruină.

În loc să păşesc înainte, m-am lăsat pradă neputinţei, trăind cu iluzia că toate rănile se vor tămădui prin voia timpului, că tu, asemenea celui ce ai fost odinioară, vei afla calea de a te ridica. Credeam, naiv, că nu era de trebuinţă să fac mai mult, că lumina ochilor tăi va renaşte din cenuşa durerii, aşa cum soarele se înalţă din întunericul nopţii. Dar timpul, fratele meu, nu este un leac; el doar întăreşte lanţurile celor ce suferă în tăcere.

Acum, așezat aici, lângă tine, cu moartea umbrindu-te, povara vinei îmi apasă umerii. Îmi simt sufletul zdrobit sub greutatea adevărului: că am fost părtaș unei tragedii pe care nu am avut curajul să o opresc. Am îngăduit ca tăcerea ta să se prefacă într-un abis fără întoarcere. Nu am fost scutul tău, așa cum ar fi trebuit, nu ți-am arătat că în mijlocul acelei suferințe nu erai singur. Regretele mă năpădesc precum valurile unei mări învolburate, iar între noi, toate acele clipe pierdute devin precum ecouri ce nu mai pot fi alungate.

Te-am privit, frate al meu, cum lumina ți se stingea încet, ca o lumânare mistuită de propriul foc, iar eu, rob al neputinței mele, rămâneam împietrit. În loc să ridic sabia adevărului, să răzbat prin tăcerea ta, am ales să-mi înec nădejdea în gânduri deșarte, în visul că regatul nostru va rămâne nevătămat, că tu vei rămâne acel stâlp neclintit. Acum, însă, privesc ruinele acestor vise. Te văd cum lupți cu ultimele tale suflări, cum viața ți se scurge precum nisipul dintr-un clepsidru spart, iar între noi, tăcerea devine un zid ce nu mai poate fi dărâmat.

Frate, dacă aș fi avut curajul să rup acea tăcere, dacă aș fi fost mai mult decât un simplu martor, poate că am fi putut înfrunta aceste umbre împreună. Dar acum, în fața pieirii tale, toate acele „poate" sunt doar răni care nu se vor închide niciodată.

Rușinea mea este ca o pelerină grea ce mă sufocă, un lanț de fier care îmi leagă sufletul de greșelile trecutului. M-am ascuns în spatele speranței, crezând că ea va fi suficientă, dar nu am înțeles că speranța fără acțiune este doar o iluzie deșartă. Regatul nostru nu s-a ridicat singur, așa cum nici tu nu ai putut să-ți învingi singur demonii. Eu, cel ce trebuia să-ți fiu aproape, am stat la margine, am privit și am așteptat, dar așteptarea mea a fost trădare.

Acum, privindu-te aici, mă bântuie gândurile a tot ceea ce

ar fi putut fi. Îmi aud în minte toate acele întrebări pe care nu le-am pus, toate momentele în care ar fi trebuit să-ți spun că nu ești singur. Tăcerea mea te-a împins și mai adânc în suferință, iar la fiecare pas pe care l-ai făcut spre prăpastie, eu am fost umbra care a privit și nu a intervenit.

Când tăcerile noastre s-au împletit, ele nu au creat liniște, ci un zid între noi. În loc să fiu un sprijin, am devenit un martor al declinului tău, al declinului nostru. Am lăsat tot ce era nespus să se adune până când povara lor a devenit prea mare pentru tine, prea mare pentru regatul nostru. Și acum, în fața sfârșitului tău, în fața sfârșitului meu ca frate al tău, nu am nimic de oferit decât regrete și ruine.

Fiecare suflare a ta, fiecare clipă care trece, mă înghite tot mai adânc în abisul vinovăției. Fiecare tăcere între noi este un strigăt mut al eșecului meu de a te înțelege, de a te salva. Și acum, stând aici, lângă patul tău, mă întreb: ce aș putea spune să rup această vrajă a regretului? Ce cuvinte ar mai putea aduce pace acolo unde eu am adus doar distanță? Dar este prea târziu. Tot ce mai am sunt cuvintele pe care le rostesc în mintea mea, dorințele pe care le voi purta cu mine pentru totdeauna.

Frate, iartă-mă. Dacă mai poți, iartă-mă. Iartă-mă că nu am fost acolo, că nu am văzut ce trebuia văzut, că nu am spus ce trebuia spus. Iartă-mă că am fost slab, că am permis fricii și pasivității să ne rupă. În fața ta, acum, mă înclin nu doar ca fratele tău, ci ca un om sfărâmat de propria lui neputință. Regatul nostru, sufletele noastre, toate au fost înghițite de ceea ce nu am făcut. Și pentru asta, voi purta această rușine până la sfârșitul zilelor mele.

Acum târziu îmi aflu lipsa de cuget și bărbăție, căci nu am cutezat a privi drept întru aievea cele ce se abăteau asupra ta. Am zăcut în visuri deșarte și nădejdi lipsite de temei, socotind că, de nu grăiesc despre ce ne apasă ori ne desparte, lucrurile s-ar fi cuvenit să se îndrepte. Dar iată-mă, pus față-n față cu această aievea nemilostivă și neînduplecată, pricepând că am lăsat totul a se fărâma, că nu m-am aflat de-a ta parte când tu, frate drag, aveai trebuință mai vârtos de mine.

Aș da ani din viața mea, dac-ar fi să pot întoarce ceasurile trecute, să dezleg orice greșală, să răscumpăr fiecare tăcere lașă. Dar știu bine că nu se poate. Acum zac întru gheara nemiloasă a părerilor de rău, prins între dorința de a schimba firul vremii și adevărul nestrămutat că nimic nu mai poate fi îndreptat. Durerea care mă roade cel mai adânc este gândul că, deși aș voi cu toată inima, nici o faptă de-a mea nu mai poate lecui ranele ce s-au făcut.

Această povară, grea ca o piatră de moară ce-mi apasă pieptul, mă îngenunchează. Și deși încerc a o ridica, simt că mă sfărâm înlăuntrul meu. Privesc chipul tău, fieștecare trăsătură, fieștecare umbră ce-mi amintește de omul care ai fost, și mă copleșește tăcerea ce se face zid între noi. Încerc a grăi, a afla cuvinte ce ți-ar putea aduce alinare, dar nimic nu se urnește. Cuvintele-mi par legate cu lanțuri grele, zăcând undeva în abis, și toate gândurile, părutele și regretele mă înghit precum un hău fără fund. Pricep acum, târziu de tot, că am fost orb și nevolnic înaintea durerii tale.

Am vrut să-ți fiu sprijin, să-ți fiu alături precum zidul ce-și stăruie temelia sub greutatea cetății, dar nu am știut cum să mă arăt vrednic de a-ți purta povara. M-am încrezut în vreme, gândind că tăria ce odinioară îți ședea în piept avea să răzbată și această umbrire, dar înșelătoare îmi fu nădejdea. Astăzi pricep că-n acele ceasuri de slăbiciune ale tale, lipsa mea fu aspră, iar tăcerile mele, o neiertată trădare.

Îmi amintesc cum te vedeam, zi după zi, cum te împuținai,

asemenea luminii unei făclii ce-şi dă ultima suflare înainte de întunericul cel deplin. Fiece zi în care am ales să rămân pasiv, crezând că aşa-i mai bine, e acum o rană nevindecată, un spin adânc înfipt în sufletu-mi chinuit. O, de-aş fi putut înţelege atunci! De-aş fi ştiut să-mi ridic mâna spre tine, să-ţi alin fiinţa, să-ţi şoptesc cuvinte ce te-ar fi mângâiat, poate că altele ar fi fost astăzi sorocurile noastre.

Şi-acum, iată-mă, zăcând aici lângă tine, într-o nemărginită tăcere, strivit de greutatea clipei ce mă apasă între trecutul ce ne-a fost şi viitorul ce nu ne mai poate fi. Îmi stă sufletul prins ca-ntr-o menghină între vremurile de glorie, când ai fost rege cu strălucire neasemuită, şi acest amurg deznădăjduit în care te văd prefăcându-te în umbră.

Durerea mă sfâşie ca un lup ce şi-ar roade propria carne, căci ştiu bine că nimic, nici lacrimile mele, nici cuvintele, nu vor putea schimba ce s-a pierdut. Mă simt învăluit de un pustiu adânc şi mă plec ţie, frate, cu inima zdrobită. Nu cer iertare, căci n-o merit; însă-ţi las aceste cuvinte, mărturie a părerii mele de rău neostoite şi a dorului ce mă va urmări cât îmi va fi dat să rătăcesc prin lume, purtând cu mine umbra chipului tău şi amintirea celui care ai fost odinioară.

Acum zac aici, copleşit de vinovăţie, iar tăcerea ta mă apasă mai greu decât orice cuvânt ce-ar fi putut fi rostit. Mă simt prăvălit, pierdut într-un hău de regrete ce mă îneacă, silindu-mă să-mi caut locul într-o lume care, precum inima mea, zace ruinată de tăceri negrăite şi de amărăciunea greşelilor de nepuit. Fiece răsuflare pe care o trag simt-o ca pe o povară, iar fiecare clipă petrecută în această odăiţă, unde umbra morţii tale stăpâneşte, nu face decât să răscolească rana ce mi s-a sălăşluit în suflet.

N-am înţeles niciodată însemnătatea pierderii până când

am fost silit să privesc, neputincios, cum lumina vieții tale se stinge. Târziu am priceput că tăcerea nu-i doar o tihnă între cuvinte, ci o prăpastie adâncă, unde se adună durerile nepovestite, temerile ce n-au fost rostuite și regretele ce cad, zdrobite, în uitare. Acum văd limpede că fiecare clipă în care am ales să-mi închid gura, fiecare ceas în care mi-am reținut întrebările, n-a fost decât o piatră prăvălită într-un abis ce ne-a despărțit sufletele.

Simt că sunt un martor jalnic al propriului meu dezastru, neputincios în fața acestei prăbușiri ce mă înghite cu totul. Prizonier în tăceri ce strigă fără glas, în fața a ceea ce nu mai poate fi îndreptat. Un martor al unui regat prăvălit, al unei lumi ce se dezleagă dintr-o moarte nu doar trupească, ci și sufletească – moartea nădejdii, a tăriei și-a credinței.

Arthur, tu ai fost tot ce-aveam mai sfânt – lumina ce-mi călăuzea calea, stâlpul de care mă sprijineam când șovăiam. Iar acum, văzându-te astfel, frânt și neclintit, nu pot decât să mă simt rătăcit într-o lume lipsită de rost. Tot ce-am cunoscut drept adevăr e acum un vis spulberat, iar ceea ce mi-a mai rămas e să stau aici, împovărat de-o durere ce nu se sfârșește, cu inima zdrobită și sufletul risipit.

Nu mai este nici regat care să-și afle lăcaș în sufletul meu, nici vreun ideal ce să-mi dea putința de a mai viețui. Doar pomenirea chipului tău mi-a mai rămas, iar ea îmi sună în minte ca loviturile unui ciocan, răpăind durerea mea în fiece ungher al ființei. Fiecare clipă nepăsată, fiecare tăcere ce-am alungat-o, fiecare vorbă ce n-am rostit – toate acestea s-au strâns acum într-o povară de nesuferit. Știu bine că singurul lucru ce-mi mai rămâne este să stau aici, simțind umbra prezenței tale, chiar și-n lipsa ta, încercând să dezleg ceea ce niciodată n-am putut pricepe la vreme.

Mare păcat că n-am înțeles mai dinainte că puterea nu sălășluia în tăcerile tale, ci în cuvintele pe care trebuia să le rostesc atunci când sufletul tău le cerea. Și poate, de le-aș fi grăit, poate că soarta nu te-ar fi purtat spre această stare de decădere. Poate că regatul ar fi fost altfel; poate că și noi am fi fost mai presus decât niște simpli martori ai propriilor căderi. Dar acum, nu mai există nici *poate*, nici *dacă*. Tot ce mai am sunt răsunetele tăcerilor tale, care-mi bântuie gândul, neîncetat, ca o osândă fără margini.

Prima întâlnire cu ea

„Preamărirea acelei ființe ministeriale a fost începutul unei prăpăstii adânci între noi; ea a devenit nucleul unui vârtej emoțional ce a frânt destinul curții, schimbându-l ireversibil."

Fost-a o dimineață asemeni celorlalte, cu soarele urcându-se molcom peste tărâmurile tale, Arthur, iar curtea se afla-n forfota-i obișnuită. Mesele gemeau sub povara bucatelor alese, muzicile răsunau voioase, iar nobilii se îmbrăcau în straiele lor cele mai luminoase. Toată lumea privea cu nesaț spre începutul unei noi zile, dar ceva anume a tulburat pacea statornică a palatului. O umbră nevăzută, o neliniște ce abia putea fi simțită, pătrunse în aer, asemenea unei adieri reci strecurate într-o dimineață caldă.

Ți-amintești, frate? Ziua aceea, când ea a pășit întâi pragul vieților noastre. Când a intrat în sala cea mare, cu pașii săi măsurați și ochii pierduți în zare, toată făptura sa parcă ținea în ea taina unei lumi de necuprins. Toată curtea, cu suflarea oprită, a întors privirile către dânsa. Și tu, Arthur, chiar și tu ai simțit atunci ceva ce nu puteai desluși, o tresărire neștiută, un amestec de curiozitate și tăcere, de speranță și teamă.

Mai presus de toate, însă, rămânea acel gust amar în aer, asemenea unei făgăduințe nerostite. Ea era vestitorul schimbării, semnul cel mai limpede al unui timp ce avea să răstoarne rânduiala veche. Căci cu venirea sa, tot ce știai despre lume, despre tine însuți și despre acest regat a început să se destrame, fărâmă cu fărâmă.

Nu părea să fie nimic neobișnuit la început. O fată tânără, cu părul ce amintea de spicele coapte și ochi care străluceau asemenea stelelor aprinse în noapte. Nimic nu trăda vreo pretenție de noblețe în purtarea sa; straiele îi erau simple, mișcările naturale, dar cumva, printr-un mister nepătruns, părea să aducă cu sine o lumină aparte, ca și cum însăși prezența sa schimba alcătuirea aerului din jur.

Când a pășit în sala ta, un freamăt tăcut a străbătut curtea. Chiar și tu, Arthur, ai simțit tulburarea, deși n-ai lăsat să se vadă prea mult. Totuși, privirea ta, fie ea cât de bine mascată, a trădat un moment de șovăire, o licărire de nesiguranță, ca și cum un văl nevăzut s-ar fi așternut între tine și ceilalți. Era ceva în prezența acelei fete ce sfida înțelegerea obișnuită, ceva care părea să vină dintr-un tărâm de basm ori poate din adâncurile unor povești uitate.

Stând în umbra marelui tron, te-am privit atent, încercând să descifrez ce se petrecea în tine. Te-ai schimbat atunci, chiar dacă subtil, iar acea schimbare avea să fie începutul unui șir nesfârșit de frământări. Regatul nostru, odinioară statornic și sigur, a început să se clatine din acea clipă. Nu era decât o adiere de vânt, o neliniște abia perceptibilă, dar noi, cei ce te cunoșteam, am simțit cum furtuna începea să prindă contur.

Ea n-a rostit niciun cuvânt, nici n-a făcut vreun gest care să atragă atenția, dar în tăcerea ei era o putere ce părea că vorbește direct sufletelor celor din jur. O prezență enigmatică, o chemare ce părea că doar tu o auzi cu adevărat. Te-am văzut cum îți plecai privirea, cum evitai să o întâlnești direct, de parcă întâlnirea ochilor ar fi risipit orice iluzie pe care încercai să o păstrezi. Dar te simțeai atras, fără putința de împotrivire. O luptă surdă începea să se dezvăluie în tine: datoria ta de rege, greu ancorată în responsabilitatea față de popor, împotriva unei dorințe tăcute și totuși mistuitoare.

Știam, așa cum știai și tu, că prezența ei era un început – începutul unei povești care avea să redefinească nu doar pe tine, ci și regatul întreg. Eu, fratele tău, am privit din umbră cum această tânără, fără să ridice un deget, a trezit în tine dorințe vechi, pe care coroana le înăbușise. A fost ca un foc aprins sub cenușă, care părea stins, dar care, în prezența ei, a început din nou să ardă, mai intens, mai periculos.

Și tu, Arthur, regele nostru, ai început să te schimbi într-un fel care era aproape insesizabil pentru cei mai mulți, dar evident pentru cei care te cunoșteau cu adevărat. Îndepărtarea ta era ca o umbră ce creștea încet între tine și noi. Fiecare zi aducea o altă nuanță de tăcere în cuvintele tale, iar privirile tale, altădată pătrunzătoare, deveneau tot mai adânci și mai de nepătruns. Te prindeai într-un joc al propriei tale inimi, de parcă ceva mai puternic decât toate jurămintele de rege te trăgea spre ea – spre fata care, fără să știe, avea să devină începutul sfârșitului nostru.

Acea iubire tăcută, neexprimată, părea să te consume fără să te lase să simți pe deplin ce ți se întâmplă. Iar eu, fratele tău, mă întrebam, cu un amestec de îngrijorare și durere, cât de mult îți va mai putea regatul suporta absența, chiar și atunci când erai prezent. Știam că iubirea aceasta te va schimba, că acea fată nu era doar o trecătoare în povestea ta, ci un destin care-ți scria deja viitorul. Dar nu știam încă până unde va duce această schimbare și ce va rămâne din noi, din tot ce construisem împreună.

Fata aceea... Era altfel. Era ca o poveste prinsă între filele unei cărți vechi, o taină pe care nimeni nu o putea desluși. Îți amintești cum a pășit pentru prima dată în mijlocul curții, purtând acea rochie albă, care părea să prindă fiecare rază de lumină, să o îmblânzească și să o transforme într-o aură? Prezența ei era liniștitoare și tulburătoare deopotrivă, iar fiecare mișcare părea că dansa pe ritmul unei muzici pe care doar ea o auzea. Era ceva straniu, ceva care făcea ca timpul să-și piardă semnificația, să devină doar un fir subțire suspendat deasupra noastră.

Toți o priveau, fiecare în felul său – unii cu admirație, alții cu gelozie, dar nimeni nu o putea ignora. Și tu, Arthur, ai fost prins în vraja acelei prezențe, deși poate nici nu ți-ai dat seama pe moment. Era ca și cum visul tău neîmplinit, acel colț ascuns al inimii tale pe care nici măcar tu nu-l exploraseși pe deplin, se întrupa acolo, sub ochii noștri. Fata aceea era mai mult decât o simplă muritoare – era simbolul unei schimbări pe care niciunul dintre noi nu era pregătit să o înfrunte.

Privind-o cu ochi pătrunzători, am văzut cum toate privirile se îndreptau spre dânsa, uimită, dar și plină de temere, asemenea fluturilor atrași de o lumină nesigură. Tu, Arthur, te opri un ceas, ca și cum o putere nevăzută te-ar fi cuprins, învăluindu-te. Era limpede că ceva în ființa ei te trăgea mai tare decât orice altceva sau oricine altcineva. Nu era doar frumusețea ei, nici doar tinerețea-i nevinovată, ci ceva adânc și tainic, o putere lăuntrică ce părea să risipească orice apăsare, orice oboseală ce se născuse în curtea noastră.

Și, deși nimeni nu îndrăznea a grăi, aerul se făcu mai greu, asemenea unei presimțiri tăcute. Ceva în acea apariție părea a schimba totul, a răsturna ordinea firească a lucrurilor, iar regatul nostru, cu toată splendoarea sa și siguranța ce părea neclintită, nu va mai fi vreodată ca odinioară. Acea tânără, simplă și totuși plină de mister, părea a purta cu sine puterea de a schimba totul, fără a rosti vreo vorbă.

Era ca și cum timpul s-ar fi oprit pentru o clipă, iar toată privirea curții regale se strânsese asupra acelei figuri. Chiar dacă nu grăia vreun cuvânt, prezența ei era copleșitoare, puternică, iar privirile tuturor o urmăreau cu o adâncă uimire. Și tu, Arthur, cel ce nu te lăsai ușor mișcat, păreai a fi cuprins de o stare inexplicabilă, o fascinație ce nu o mai trăisem până atunci. Ochii tăi se fixaseră asupra ei cu o intensitate de neînchipuit, o privire ce, deși calmă, ascundea o forță nestăpânită, o dorință aprinsă de a înțelege ce anume făcea acea tânără atât de specială.

Un fior invizibil străbătea aerul, asemenea unei vibrații fine ce pătrundea în adâncul fiecărui colț al palatului. Nimeni nu îndrăznea a vorbi, nimeni nu îndrăznea a-și mișca privirea. Totul părea că se supune acelei prezențe enigmatice, iar curtea, cu toată freamătul său de obicei, căpăta un aer de tăcere adâncă. Acea tânără, cu pașii ei grațioși și cu ochii ce păreau a ascunde întregi tărâmuri necuprinse, își croia drumul prin mulțimea adunată cu o eleganță tăcută, dar de neîmpiedicat.

Și tu, regele nostru, în fața acelei priviri ce semăna a fereastră către o altă lume, păreai a fi uitat toate datoriile tale, toate îndatoririle față de curtea ce te privea cu ochi plini de speranță. Nimic nu mai conta în acea clipă, decât ea, doar ea, și misterul adânc ce învăluia totul în jurul prezenței sale.

Am văzut cum ochii tăi, care altădată străluceau de hotărâre, de o voință de neclintit, începură a se pierde în adâncul ei, iar vocea ți se făcu mai lină, ca o adiere de vânt, ca și cum vorbeai dintr-o lume paralelă, în care numai tu şi ea vă aflam. Fiecare cuvânt al tău părea să se piardă în aer, asemenea unei reflexii difuze a unei realităţi din care amândoi păreaţi a fi prizonieri. Toată autoritatea ta, toată puterea ce te-a ridicat, părea că se dizolva sub acea privire strălucind de un mister inaccesibil. Era ca şi cum, în faţa acelei tinere, întreaga ta existenţă se răsturna, se redefinea într-o poveste în care eu, fratele tău, nu aveam niciun loc, niciun cuvânt de spus.

Şi atunci, în acel ceas de tăcere apăsătoare, mi-am dat seama, cu o claritate bruscă şi chinuitoare, că ceva s-a schimbat, iremediabil, pentru totdeauna. Nu mai era doar curiozitate sau un simplu interes, ci o legătură tăcută, o atracţie adâncă şi nevăzută, ce părea a înghiţi totul în jurul vostru. Regatul nostru, cu toată slava sa şi cu toată puterea ta neclintită, părea a se clătina, ca o temelie pe cale a se prăbuşi sub această nouă şi tainică influenţă. Era ca o mişcare nevăzută a pământului, o cutremurare invizibilă, ce nu se vedea cu ochiul, dar care avea să zguduie cele mai adânci temelii ale acestei mândre domnii.

În acea clipă, am înţeles că nu voi mai fi martor la acelaşi rege. Nu voi mai fi martor la acelaşi frate. Tot ce am cunoscut până atunci părea acum doar o fărâmă dintr-o lume ce nu mai era. Te schimbai, iar eu, în tăcerea mea, nu aveam puterea să-ţi spun acele cuvinte care, de mult, trebuiau spuse.

Se povesteşte că apariţia ei fu ca o viziune dintr-un vis, ca o nălucire dintr-o lume străină. Ochii săi, mari şi adânci, erau ca cerul senin în apusul zilei, iar părul ei, aprins ca soarele, se lăsa în valuri ce păreau a străluci cu o lumină ce nu venea dintr-o lume pământească. Era cu neputinţă să nu fii cuprins de acea frumuseţe rară, dar era mai mult decât o simplă frumuseţe trupească – era acea aură misterioasă, acea energie nevăzută care atrăgea toate privirile şi le ţinea captive, fără scăpare.

Oare ea era una din iele?

Fiecare pas al ei, măsurat și totodată grațios, părea să vină dintr-o lume străină, inaccesibilă. Când te uitai la ea, nu puteai să nu simți că dincolo de acea privire adâncă și acel zâmbet tăcut, se ascundea un ceva mult mai adânc și mai puternic decât frumusețea trupească.

Chiar și tu, Arthur, cu toată puterea și înțelepciunea ta, păreai a fi fost cuprins de o neliniște tainică. Deși te străduiai să rămâi neschimbat în fața tuturor, ceva în privirea ta trăda o schimbare adâncă. Parcă pentru întâia oară, cugetul tău nu mai era astfel de neclintit, iar hotărârile care înainte îți veneau cu ușurință, acum păreau a se frânge. Un astfel de om, cu voința de fier, nu trebuia să se lasă mișcat de simțiri atâtea de pământești. Totuși, ea, cu toată fragilitatea-i, pătrundea înlăuntrul tău mai adânc decât oricine altcineva ar fi îndrăznit vreodată.

Chiar și cei mai născuți dintre nobili, obosiți de praznicele ce nu se sfârșeau, simțeau un tremur nevăzut, ca și cum ar fi fost atins de o putere mai mare decât ei înșiși. Ea nu era doar o tânără de o frumusețe rară; părea a fi adus cu sine un duh misterios, o prezență care nu putea fi cuprinsă de cuvinte. Poate că era grația ei, aceea care sfida toate limitele făpturii, ca și cum nu ar fi pășit, ci plutea asupra pământului. Sau poate că puterea ei se afla în faptul că toți cei din jur, ca niște umbre, uitau chiar și a respira, de parcă însăși clipa ar fi fost înghețată în fața ei.

Privind-o, ți se părea că întregul univers se învârtește în jurul acelei ființe, iar fiecare pas pe care-l făcea era ca un semn din ceruri, o chemare nevăzută ce atrăgea toate privirile. Încă nu rostea niciun cuvânt, dar tăcerea ei purta o greutate mai mare decât orice vorbă. Nobilii, care în mod obișnuit se pierd în vorbe și zâmbete, păreau acum subjugați de o tăcere colectivă.

Fiecare dintre ei, chiar şi cei mai îndrăzneţi şi siguri pe ei, simţeau că aceasta nu era o femeie oarecare, ci una ce nu căuta doar privirea altora, ci mai degrabă căuta să îşi lase pecetea asupra lumii, asupra celor care se vor învrednici a o întâlni. Şi totuşi, toate acestea se desfăşurau fără ca ea să îşi forţeze voinţa asupra celor din jur.

Şi tu, Arthur, nu te făceai nici tu excepţie. Îţi urmăream privirea, cum se pierdea în adâncul ochilor ei, cum te îngheţai pentru o clipă, ca şi cum întregul timp din jurul tău s-ar fi lăsat încetinit. Mi-am dat seama că era ceva ce nici tu nu puteai cuprinde, o putere care te făcea să te simţi vulnerabil în faţa unei atracţii pe care nu o înţelegeai pe deplin. Era mai mult decât o dorinţă pământească – era o atracţie subtilă, dar imposibil de evitat, o chemare mută ce pătrundea în adâncul fiinţei tale şi care te trăgea neîndoios, chiar şi în faţa conştientizării că această dorinţă nu era doar o izbucnire efemeră.

Era ca o vrajă din vremuri vechi, rostită doar în şoapte, dar cu o putere care nu putea fi niciodată dispreţuită. Te-ai afundat în acea privire ca într-un abis fără fund, ştiind că nu mai era cale de întoarcere, dar, în acelaşi timp, aflând în ea ceva ce-ţi părea cunoscut, o amintire nespusă, o chemare venind dintr-un trecut uitat de mult. Toate certitudinile tale, toate principiile şi datoriile tale regale, ce te defineau ca monarh, păreau să se destrame sub greutatea acelei întâlniri. Ea nu trebuia să facă nimic pentru a te atrage – era îndeajuns ca prezenţa ei să răstoarne ordinea în care credeai că te afli.

Am fost martorul acelei întâlniri din prima clipă. Am văzut-o pătrunzând în sala cea mare, iar întreaga încăpere părea că se împietrea pentru o clipă, ca şi cum timpul însuşi s-ar fi oprit pentru a-i recunoaşte prezenţa. Fiecare cap s-a întors, fiecare privire a fost captivă în acel amestec de frumuseţe şi mister, ca și cum nimic altceva nu mai conta în acea clipă. Atmosfera se schimbase instantaneu, iar aerul părea să devină mai greu, mai dens, ca și cum întreaga lume s-ar fi strâns pentru a înconjura acel moment.

Tu ai fost cel care a întâmpinat-o, fără a-ți da seama că, în acea clipă, o schimbare adâncă se petrecea nu doar în sala de audiență, dar și în inima ta. Am observat cum întreaga ta atenție s-a concentrat asupra ei, cum ai fost cu totul absorbit de prezența ei, fără a putea desprinde privirea. Era ca și cum toți cei din jurul tău nu mai existau – doar tu și ea. În acea clipă, am știut, deși poate că nu ai priceput atunci în întregime, că un lucru nou se năștea acolo. Un lucru ce avea să răstoarne tot ceea ce știai despre tine, despre noi, despre regatul nostru.

Privirea ta, de obicei atât de hotărâtă și de sigură, s-a schimbat într-o clipă. În acele câteva secunde în care ochii voștri s-au întâlnit, am simțit că întregul palat devenea martorul unui moment care avea să răstoarne totul. Timpul părea să încetinească, iar întreaga sală s-a făcut tăcută, ca și cum întreaga lume s-ar fi oprit în loc pentru a înregistra acea clipă. Tu, regele, cel ce stăpâneai cu o mână de fier, te-ai lăsat absorbit de acea prezență cu o putere pe care nici tu nu o înțelegeai pe deplin.

Am simțit un fior de invidie și neliniște în adâncul meu, o senzație stranie ce mă strângea în piept. Chiar și eu, fratele tău, am simțit cum acel sentiment te smulgea din realitatea noastră, te îndepărta de mine, de curtea ta, de tot ceea ce cunoșteai. Era ca și cum acea tânără femeie devenea, fără voia ei, centrul unui univers în care tu nu mai aveai loc alături de mine. Și, deodată, am înțeles: nimic nu mai putea fi la fel. Ai început să te îndepărtezi de ceea ce fusesem noi, de legăturile ce păreau de nezdruncinat, și am simțit că, în acele clipe, pierdeam tot ceea ce știam.

Ştiu acum că acel moment a fost începutul unei schimbări pe care atunci nu am priceput-o. Ai încercat să ascunzi, să maschezi, să rămâi în faţa noastră acelaşi rege puternic şi înţelept, dar ceva s-a schimbat. În ochii tăi a aprins o flacără pe care nu o mai recunosc, un foc ce nici tu nu ştiai cum să-l stăpâneşti. Ai început să te pierzi în acea flacără, lăsându-te copleşit de dorinţă şi de o nevoie inexplicabilă de a te regăsi într-un loc pe care nu-l puteai înţelege.

Şi fieştecare clipită ce a urmat a fost pecetluită de acea schimbare tainică. Am privit cum te depărtai de cei ce te iubeau cu adevărat, de regatul pe care-l clădiseşi cu trudă şi jertfă. Când ai început a te retrage dinaintea noastră, dinaintea celor ce te venerau, mi-am dat seama că nu mai erai acelaşi. Nu mai erai regele ce-şi ridica privirea cu neclintită cutezanţă către poporul său. Acea schimbare, subtilă dar neînduplecată, a crescut ca un nor întunecat, până ce tot ce rămăsese era o umbră palidă a ceea ce fusesem cândva.

Din acea zi, începură a se arăta semnele acestei schimbări în purtarea ta. La început, doar neînsemnate lucruri ne furară ochii — un zâmbet mai adânc, o privire mai rătăcită. Încetul cu încetul, aceste mici fărâme deveniră mai preaplecate ochiului. Petreceai ceasuri întregi în grădinile palatului, ferindu-te prin colţuri tainice, unde te puteai întâlni cu ea fără a fi văzut. Era limpede că te aflai fermecat, dar purtai totodată o umbră de întristare, ca şi cum ai fi ştiut prea bine că acea atracţie era un amestec păgubos de dorinţă şi neputinţă.

Fieştecare gest al vostru, fieştecare cuvânt şoptit între voi părea încărcat de o încordare ce nu putea fi tăgăduită, iar fieştecare privire întoarsă către noi părea o fugă tăinuită din faţa adevărului, o dorinţă chinuitoare pentru ceva ce nu putea fi al tău.

Știam că te aflai prins într-un joc vătămător, un joc al dragostei neîmpărtășite, o iubire mai presus de putință. Dar niciunul dintre noi nu cuteza să ți-o arate, nici să te înfrunte. În loc să te strigăm înspre adevăr, ne-am lăsat în voia tăcerii tale, zi de zi, până când acea tăcere a devenit parte din noi, parte din însăși ființa regatului. Totul părea întru firea lucrurilor, ca și cum nimic nu s-ar fi clintit. Dar, în taină, regatul nostru se zdruncina din temelii, sub povara unei iubiri ce nu-și afla locul.

Am stăruit să aflu ce te împovăra cu adevărat, dar orice încercare de a-ți iscodi sufletul se lovea de ziduri de nepătruns. Tu, regele tuturor, erai înlănțuit de o capcană pe care nici puterea ta n-o putea sfărâma. Alegeai să joci un rol, asemenea unui trufaș bufon ce stăpânește scena, dar care, în taina nopții, știe prea bine că perdeaua se va prăbuși. Eram martori ai unei schimbări ce înainta fără a putea fi înduplecată, dar care niciunul dintre noi nu îndrăznea să o numească. Tu erai precum o fântână de abisuri, adâncă și tăcută, iar fiecare cuvânt pe care nu-l rosteai era o povară ce apăsa tot mai greu asupra noastră.

Dar nici măcar tu nu puteai să trăiești veșnic sub masca regelui neclintit. În spatele acelei măști, ascundeai zbuciumul tău, nesiguranța ce te înspăimânta, teama de a alege și de a risipi tot ce clădiseși. Și totuși, cu fiecare pas pe care-l făceai către ea, către dorința ta neîngăduită, regatul tău, regatul nostru, se surpa puțin câte puțin. Atunci am înțeles că iubirea, oricât de curată, poartă cu sine semințele nimicirii, iar dorința, chiar și cea mai arzătoare, poate deveni mai primejdioasă decât orice spadă.

Privindu-te în acele ceasuri de cumpănă, mi-am dat seama că pierduserăși acea siguranță ce te învăluise odinioară, acea tărie de nestrămutat ce făcea din tine un cârmaci vrednic. În locul ei, se aşezase o umbră de slăbiciune, o văpaie stinsă ce dezvăluia o vulnerabilitate cum niciodată n-am bănuit că o vei purta. Oare erai conştient de aceasta, Arthur? Că această dragoste neîmpărtăşită se prefăcea într-o grea povară ce-ţi măcina sufletul şi te împovăra cu tăceri şi nehotărâri? Sau poate că, pierdut în vraja momentului, te lăsai dus de val, nădăjduind că farmecele clipei ar fi fost de ajuns să-ţi vindece rănile ascunse.

Dar vraja acelei dorinţe necuvenite nu a fost de ajuns să oprească prăbuşirea. Tăcerea dintre noi s-a adâncit asemenea unei prăpăstii, iar regatul nostru a început să simtă povara alegerilor tale nerostite. Fiecare clipă în care te-ai cufundat mai adânc în întunericul tău, în loc să te împărtăşeşti cu cei ce te iubeau, a fost o lovitură adâncă în temelia pe care, cu truda multor ani, o clădisem. Şi deşi te vedeam pierdut în propria-ţi căutare, m-am plecat înaintea ta şi nu am îndrăznit să-ţi grăiesc adevărul. Să-ţi arăt că iubirea nu trebuia să fie o povară purtată în taină, ci o flacără ce ne putea izbăvi.

Fata cea tainică devenise miezul lumii tale, un astru ce umbreşte tot ce fusese înainte. Îmi stăruie în minte chipul tău atunci când ne adunam împreună, în jurul mesei domneşti. Noi, ceilalţi, glumeam şi râdeam, dar tu păreai cu totul departe, pierdut în gânduri ce nu aveau nimic de-a face cu vorbele noastre. Erai prins într-o lume a ta, în care ea, fiinţa aceea enigmatică, era unica ta frământare. Şi în timp ce noi ne vedeam de zilele noastre, tu vieţuiai în tăcerea cea grea, ascuns în dorinţa ta nemângâiată.

Şi chiar atunci, în acele clipe tăcute, când ochii celor din jur păreau orbi la schimbările tale, te pierdeai treptat din mrejele realităţii. Îţi desprindeai fiinţa de regatul ce te iubea, de fraţii și tovarășii care, cu credință, ți-au fost alături. Te cufundai într-o tăcere grea, într-o iubire sortită pieirii, care te frângea asemenea unei fierăstraie tăinuite. Și totuși, nu aveai cutezanța să grăiești, să o eliberezi din sufletul tău chinuit. Întregul palat se preschimba într-un martor neîndurător al unei istorii fără soroc fericit, o poveste ce-și urma cursul asemenea unui râu învolburat, de neoprit.

Am căutat să te smulg din visarea ta, să-ți aduc aminte de cele ce erau înaintea ochilor tăi. Ți-am grăit, cu vorbe meșteșugite, că regatul tău te cerea aproape, că mulțimile flămânde de lumină aveau trebuință de un cârmaci vrednic, de un rege ce să le insufle nădejde. Dar rostirile mele cădeau asemenea picurilor de ploaie pe un pământ sterp. Privirea ta, pierdută și nehotărâtă, mă înfrunta ca o umbră, fără ecou, fără să vadă ori să audă. O părticică din tine era acolo, dar restul ființei tale se pierduse într-un vis ce ardea ca o flacără nestăvilită, mistuindu-te în taină.

Și astfel, legătura care odinioară ne ținuse împreună ca o pavăză a început să se destrame. Oricât m-aș fi nevoit să te aduc înapoi, am înțeles cu amărăciune că poate era o luptă pierdută. Tu, regele nostru neînfricat, te prăbușeai încet sub greutatea lumii tale lăuntrice, o lume a dorințelor neîmblânzite și a năzuințelor făr' de răspuns. Iar regatul nostru, clădit cu trudă și sacrificiu, începea să se clatine, neputincios, sub povara propriului său stăpân.

Și totuși, nu am cutezat să te iscodesc pe față. Ce folos ar fi avut? Cum aș fi putut să pun în rostiri haosul acela mut ce sălășluia în adâncurile tale? În loc să te chem la mărturisire, m-am cufundat într-o tăcere grea, veghеând asupra ta ca un umil martor al frământării tale, neputincios să-mi înfrunt temerile. Aș fi dorit, din tot sufletul, să-ți fiu sprijin, să-ți stau alături, dar tu te îndepărtai de mine ca o corabie purtată de ape necunoscute, lăsându-mă pe țărm, pradă gândurilor mele neliniștite.

Era ca și cum, fără să-ți dai seama, m-ai fi lăsat în urmă. Fiecare gest, fiecare vorbă ce se desprindea de pe buzele tale părea să pună o și mai mare prăpastie între noi. Iar eu, fratele tău de sânge și suflet, rămâneam prins în neputința mea, târât de greutatea neștiinței. Te priveau toți cei ce-ți jurau credință, dar doar eu, cel ce îți era mai aproape decât oricine, aveam prilejul să întrezăresc bătălia lăuntrică ce-ți mistuia făptura. Și, cu fiecare clipă, mă simțeam tot mai mic, zdrobit de povara gândului că regatul tău, cel ce stătea ca o cetate mândră sub ceruri, era pe punctul de a se prăbuși din pricina unei iubiri sortite pieirii.

Pe măsură ce zilele se scurgeau ca nisipul prin clepsidra vremii, schimbarea din tine devenea tot mai vădită. Ai început să te retragi, să-ți ascunzi trăirile sub o mască de nepăsare, să alegi tăcerea ca pe un scut împotriva celor ce te iubeau. Erai cândva regele ce strălucea în lumină, dar acum umbra ta părea să-ți fie singura tovarășă. Ai fugit de consilii și de mesele rotunde, de la sfaturile ce țineau regatul viu, și te-ai depărtat până și de micile noastre confesiuni. Oare îți amintești, Arthur, cât de anevoie era să te prind în mrejele unei convorbiri sincere? Cât de limpede se vedea cum visurile tale neîmplinite și dorințele fără soroc te răpeau din prezent, ca o boare ce-ți lua mințile?

Așa cum regatul tău părea să se destrame încet, tot așa și tu, Arthur, te preschimbai într-o umbră palidă a celui ce fusese cândva. Am încercat să-ți grăiesc despre datorii, despre jurămintele ce te legau de tron, dar vorbele mele se loveau de un ecou stins, pierdut în tăcerea ta. Dorința mea de a-ți fi sprijin adevărat, de a te smulge din mrejele dorințelor tale neatingibile, s-a topit în fața refuzului tău tăcut. Poate că, în adâncurile tale, știai deja că nu mai erai omul de altădată, că visul acela, ca un abur al nopții, te mistuia pe dinăuntru. Dar nu găseai nici voința, nici tăria de a te elibera.

Fiecare zi în care te vedeam tot mai străin frângea o parte din inima mea. Priveam cum te închizi într-o lume a ta, una de nepătruns, în care nu mai aveau loc nici regatul nostru, nici noi, cei ce te iubeam. Îmi doream să te ating cu mâna frăției noastre, să te trag înapoi la lumină, dar mă simțeam ca un simplu martor al unei tragedii. Tăcerea ta era ca un zid de piatră, iar visurile tale, un văl de ceață care te ascundea de noi. Rămâneam doar cu întrebarea amară: de ce nu pot să te ajut? De ce nu găsesc calea de a-ți aminti că încă mai ai un regat, o lume întreagă ce te așteaptă?

Îți amintești, Arthur, când ți-am spus că regatul avea nevoie de tine? Poate că nici măcar acele cuvinte nu mai ajungeau la urechile tale. Păreau să fie purtate de vânt, fără să lase nicio urmă. Era ca și cum te pierdusei cu totul în propria-ți durere, iar noi, cei din jurul tău, deveneam niște umbre fără chip, fără glas, incapabile să te readucem înapoi. Tot ce-ți doreai era să te agăți de acea stare de visare, de acea lume închipuită unde dorințele tale își găseau rost, dar unde realitatea noastră, regatul nostru, se scufunda încet, cu fiecare clipă. Și totuși, tu, regele nostru, păreai să nu vezi, să nu simți.

Fiecare zi care trecea mă arunca și mai adânc în abisul neputinței. Îți urmăream pașii cu ochi scrutători, căutând cu disperare un semn, o fărâmă de speranță că vei ieși din acel vis chinuitor și te vei întoarce la noi. Dar, în loc de asta, te vedeam cum te afundai tot mai adânc în lumea ta, acea lume ce părea să te consume pe măsură ce timpul se scurgea. În loc să fiu un sprijin pentru tine, mă simțeam tot mai îndepărtat, tot mai străin, ca și cum un zid invizibil se ridicase și mă ținea la distanță.

În fiecare moment în care încercam să găsesc o cale de a te ajuta, îmi dădeam seama că nu puteam decât să aștept, să asist neputincios la cum tot ce aveam mai drag se destramă în tăcere. Știam că aveai nevoie de mai mult decât cuvintele mele, de mai mult decât doar prezența noastră. Dar nu știam cum să-ți ofer acel „mai mult", cum să te readuc la lumină, în mijlocul regatului care te venerase și te iubise dintotdeauna. Speranța era tot ce-mi rămânea, acea iluzie că într-o zi te vei trezi și vei realiza că încă mai erai regele nostru, că încă mai aveai o lume care te aștepta.

Ea... Ea era ca o adiere rece într-o zi toridă, o prezență ce aducea fior și mister, un ecou al unui alt timp și al unei alte lumi. Cuvintele ei erau ca niște șoapte pierdute, rostite parcă pentru tine și doar pentru tine, dar care reverberau în fiecare colț al regatului nostru. Era ca o enigmă vie, un simbol al unui secret adânc îngropat, care părea că nu poate fi dezvăluit decât celor care aveau curajul să pătrundă în tainele inimii ei. Privind-o, simțeai cum fiecare mișcare, fiecare zâmbet abia schițat ascundeau povești nespuse, o lume întreagă care te chema, dar pe care niciodată nu o puteai atinge complet.

În mijlocul acelei tăceri misterioase, tu, Arthur, ai fost prins ca într-o plasă invizibilă, fără să înțelegi că fiecare pas pe care îl făceai spre ea te îndepărta mai mult de tot ceea ce era al tău. Atracția aceea era mai mult decât o simplă curiozitate, mai mult decât un impuls trecător. Era o forță irezistibilă, o chemare ce te subjuga, conducându-te spre un necunoscut care părea să-ți întunece judecata. Și în timp ce te adânceai în această fascinație, regatul tău a început să resimtă absența ta, să perceapă schimbarea subtilă, dar constantă, ce se petrecea în tine.

Nu mai erai regele cel puternic şi neclintit pe care îl cunoscuserăm, ci un om împărţit între dorinţa arzătoare de a dezlega misterul acelei femei şi frica de a pierde tot ce clădiseşi cu trudă. Îţi urmăream privirea pierdută, felul în care gândurile tale păreau să fie tot mai departe de aici, iar fiecare încercare de a-ţi reaminti de îndatoririle tale se lovea de o linişte apăsătoare. Vorbele mele, de altădată încărcate de greutate, deveniseră ecouri goale, incapabile să pătrundă zidul pe care îl ridicasei în jurul tău.

Acea femeie... Nu era doar o apariţie efemeră, ci o prezenţă care te schimba cu fiecare clipă. Cu fiecare cuvânt pe care ţi-l şoptea, cu fiecare gest pe care-l făcea, ea te ademenea tot mai adânc într-o lume unde realitatea noastră părea să-şi piardă însemnătatea. Misterul ei devenise un foc nestins care ardea în tine, iar noi, cei care te iubeam şi care eram martorii acestui spectacol dureros, rămâneam neputincioşi.

Tu nu mai erai rege doar pentru noi; deveniseşi monarhul unui vis, captiv în propria-ţi poveste. Şi în timp ce făceai aceşti paşi neînduplecaţi, lăsai în urma ta o lume tulburată, un regat care nu mai putea înţelege drumul pe care îl apucasei. Fiecare zi era umbrită de o decizie pe care nu o puteam înţelege, dar pe care o simţeam ca pe o prăpastie între tine şi tot ce fusese odată.

Chiar şi eu, fratele tău, mă simţeam redus la un simplu spectator al acestei poveşti sumbre. Îmi era imposibil să confrunt ce se petrecea în tine, să te smulg din mrejele acelei tăceri misterioase şi să te readuc pe calea pe care, cândva, o urmai cu o hotărâre de neclintit. Simţeam, într-un fel, că în adâncul sufletului tău recunoşteai zădărnicia acestui drum, dar eram neputincios în a-ți arăta altceva decât propria mea frustrare și durere.

Ea... ca o umbră tăcută, părea să absoarbă toată lumina din jurul tău. În prezența ei, regatul nostru pălea, devenind doar un decor uitat al unui teatru în care piesa principală era scrisă de dorințele și tăcerile ei. Fiecare decizie pe care o luai părea să se îndepărteze tot mai mult de nevoile poporului tău, iar tu, regele nostru, te transformai într-un om pierdut, departe de realitatea ce îți cerea să fii prezent.

Privindu-te de la distanță, am început să înțeleg că acea atracție nu era o iubire obișnuită, nici măcar una imposibilă. Era o capturare a esenței tale, un joc al sorții în care păreai prins, urmărindu-l cu o determinare înfricoșătoare. Știam că nu mai există loc de întoarcere, că regatul nostru nu mai putea fi salvat decât printr-o alegere pe care nu voiai, sau poate nu puteai, să o faci.

Pentru mine, fiecare zi era o luptă nevăzută, una pe care nimeni nu o simțea mai profund decât mine, fratele tău. Îmi amintesc cum îți vorbeam, încercând disperat să îți reamintesc cine erai, ce ai fost și ce ar fi trebuit să fii. Dar tot ce vedeam era distanța tot mai mare care se căsca între noi. Era ca un hău, crescând cu fiecare clipă, întinzându-se între tine și regatul nostru, între tine și oamenii care depindeau de tine pentru siguranța și prosperitatea lor.

Ea era acolo, o prezență care te domina, dar care nu putea fi regina. Nu putea umple locul lăsat gol în sufletul poporului tău. Și totuși, în ciuda tuturor avertismentelor, în ciuda celor care te iubeau și te așteptau, ai ales să rămâi prins în visul ei imposibil.

Era ca o tăcere care, treptat, punea stăpânire pe tot: pe inima ta, pe regatul tău, și pe noi, cei care te iubeam. În fața acestei tăceri, cuvintele noastre păleau, incapabile să te scoată din acea lume iluzorie în care te adânceai tot mai mult.

Da, îmi amintesc. În acele clipe, te pierdeai într-o căutare fără sfârșit, asemenea unui căpcăun din poveștile străvechi, un vânător al unei prăzi care nu putea fi niciodată prinsă. Chiar și atunci când erai înconjurat de mulțime, de nobili care îți căutau atenția, tu erai complet absent. Prezența ta era doar o umbră, captivă într-o iluzie care nu avea să devină vreodată realitate. Ochii tăi, cândva plini de hotărârea unui lider de neclintit, căutau acum ceva de neatins. Fiecare clipă petrecută alături de noi părea să fie doar o fugă de realitate, o evadare care te ducea tot mai departe de regatul pe care odinioară îl guvernai cu mândrie.

Și totuși, nimeni nu îndrăznea să te întrebe ce se întâmpla cu tine. Tăcerea care ne învăluia pe toți era prea grea, prea periculoasă de sfâșiat. Nici eu, fratele tău, nici cei din jurul tău, nu aveam curajul să o înfruntăm. Erau doar priviri și gesturi stinse, pentru că nimeni nu voia să tulbure acea liniște apăsătoare.

Tu, regele nostru, erai prins într-o capcană a dorinței. O dorință care te îndepărta de lume, de datoriile tale, de tot ceea ce erai menit să protejezi. Iar noi, cei care te priveam, eram neputincioși. Zi după zi, vedeam cum tăcerea ta se adâncește, cum lumea pe care o construiseși se destramă sub greutatea unei iubiri imposibile, iar tu, cel care ar fi trebuit să ne salvezi, păreai pierdut pentru totdeauna în această umbră a visurilor tale.

Da, frate al meu, cunosc bine că privirea ta mă străpunsese. Nu era cu putință să ascund durerea ce-mi ardea ființa, deși mă sârguiam s-o îngrop în ungherele cele mai dosite ale sufletului meu. De toate ostenelile mele a rămâne neclintit, ochii mei trădau povara inimii. Tu, care mă cunoşteai mai bine decât oricine, ai pătruns taina fiecărei frământări ce se ascundea-n tăcerea mea grea, care mă copleşea, lăsându-mă fără vlagă, fără voinţă să mă smulg din braţele ei.

Tăcerea dintre noi se îngroşa cu fiecare ceas, iar tu, cel ce-mi erai martor şi totodată sprijin, te vedeai împins tot mai departe. Nici eu nu aflam cum să-ţi ajung la suflet, ce grai să-ţi rostesc ori cum să-ţi aduc aminte de rânduiala ce ţi-a fost încredinţată peste regatul nostru. În schimb, nu-mi rămânea decât să privesc cum toate cele ce le-am ţesut împreună se destrămau cu iuţeală. Şi regatul, aidoma inimii mele, se afunda-n întunecimi, lipsit de nădejde ori de alinare.

Cum aş fi putut să-ţi dezvălui că, deşi iubirea şi credinţa ta pentru această lume rămâneau neclintite, toţi eram prinşi în mrejele unui vis deşert, iar nimic din cele lumeşti nu părea să răzbată acest drum prăpăstios? Nimeni nu se încumeta să-ţi izbăvească sufletul din labirintul în care însuţi te-ai pierdut.

Şi totuşi, în vreme ce depărtarea creştea între noi, îmi era limpede ce se petrecea cu fiinţa ta. Te priveam cum te retrăgeai în ungherele cele mai întunecate ale palatului, căutând singurătatea ca pe un leac amar, întru alinarea gândurilor tale. Acea pasivitate ce o arătai faţă de toate rânduielile ce-ţi fuseseră hărăzite, faţă de datoria de a-ţi cârmui regatul, nu era altceva decât o umbră a durerii ce-ţi zdrobea inima cu fiecare clipită.

Era limpede că nu te mai aflai pe deplin în rânduiala ta de rege, ci te pierdusei într-o iubire neîmplinită, o dorinţă ce te mistuia lăuntric, aidoma unui venin ce se strecura încet şi neînduplecat, chiar şi în cele mai tainice unghere ale sufletului tău.

Şi aşa s-a întâmplat, precum o urgie. Pe măsură ce te lăsai copleşit de acea atracţie mută, regatul tău începea să-şi piardă temelia, aidoma unei corăbii sfâşiate de furia mării. Cârmuirea, ce altădată era strălucirea ta, fu lepădată treptat, iar sfaturile regale, cândva pline de râvnă și viață, deveniră tăcute, lipsite de rodnicie. Nobilii șușoteau cu teamă și dispreț, iar curtea, altminteri însuflețită de râsete și forfotă, părea cuprinsă de o umbră adâncă, asemenea unei osânde ce apăsa cu greu peste fiecare piatră din palatul tău.

Te priveam, frate al meu, cum te afundai tot mai adânc în mrejele acestei iubiri neînfrânate, iar ochii tăi, odinioară strălucind de hotărâre și vigoare, se pierduseră într-o lucire stinsă, aidoma unor torțe ce-și dau ultima suflare în bezna unei nopți fără stele. De multe ori am încercat să te scutur din acel vis vătămător, să te smulg din mreaja ce te ținea în loc, dar simțeam, cu fiecare încercare, că iubirea mea frățească nu era de ajuns să înfrunte acea putere nevăzută care te stăpânea.

Iar ea... Fata cea tăinuitoare, acea prezență care părea a-ți ține sufletul captiv, îți adâncea și mai mult tăcerea. Nu povestea nimic despre trecutele sale zile, nu răspundea limpede la întrebările ce i le puneai, și totuși, printr-o înfiorătoare taină, părea că ține-n mâini cheia unui destin ce ne depășea cu mult înțelegerea. Când te aflai în preajma ei, privirea ta se aprindea de o fervoare adâncă, dar și de o neputință plină de dorință, o nădejde fără nădejde. Fiecare întâlnire cu ea te îndepărta tot mai mult de noi, cei ce te iubeam și ne-ncredeam în puterea ta.

Și, pe când te pierdeai în dorințele tale neîmplinite, regatul întreg începu să se clatine sub povara acestui neînțeles tainic, iar văzduhul se umplu de o apăsare greu de purtat și de o tulburare crescândă. Fiece zi ce se scurgea părea a ne apropia de un prăpăd pe care cu toții îl presimțeam, dar de care nimeni nu cuteza să se apropie ori să-l rostească.

Era de neocolit să nu vedem cum regatul, altminteri un bastion al statorniciei și al dreptei rânduieli, începu să-și piardă hotarele limpezi, fiind robit de o putere nevăzută, dar de o tărie nemăsurată. Iar tu, frate drag, te aflai în inima acestei prefaceri, prizonier al dorințelor tale și al visurilor ce nu aveau să se împlinească. Fiece zi ce trecea te smulgea tot mai mult din mijlocul nostru, de lângă noi, cei ce îți fuseserăm statornic alături. Iar curtea, odinioară un loc al voinței și al nădejdii, devenea astăzi o umbră palidă a ceea ce fusese cândva.

Mă-ntreb, acum, privind îndărăt spre acele zile, de-ai fi putut, cumva, să te slobozești de sub povara acestui blestem al unei iubiri fără răspuns. De poate, dacă te-aș fi oprit la timp, de-aș fi avut cuvintele să-ți spun adevărul ce nu-l vedeai, s-ar fi schimbat ceva. Dar prea târziu fusese. Tânăra cea tainică își croise deja loc în însăși urzeala regatului nostru, iar fiece privire a ta se încolăcea strâns în jurul ei, adâncindu-te tot mai mult în acea lume ascunsă de noi.

Și, deși regatul își pierdea zi de zi strălucirea, fiece întâlnire cu ea te cufunda mai adânc într-o dorință de neatins, o chemare ce nu putea fi auzită de niciun alt suflet afară de tine. Noi, cei ce te înconjuram, rămâneam martori neputincioși ai acestei drame tăcute, nepricepuți în a schimba ori opri vreun ceas al sorții. Iar pe când tu te afundai tot mai mult în acest labirint al patimilor, noi nu am putut face altceva decât să privim, tăcând, drumurile pe care le luai, lăsându-ne pradă neputinței.

Aș fi vrut, din toată inima mea, să-ți fiu alături mai mult ca oricând, să-ți fiu reazem și sprijin neclintit. Dar cu fiece pas pe care-l săvârșeai spre dânsa, eu rămâneam tot mai departe, neștiind cum să pătrund în adâncurile sufletului tău, nici să înțeleg pe deplin ce te mână spre această iubire fără soroc.

Astăzi, când privesc îndărăt, înțeleg că am pierdut ceva de preț mai mare decât însăși legătura ce ne unea ca frați. Am pierdut regatul, ce altădată ne strălucea sub sceptrul dreptății;

am pierdut nădejdea, ce odinioară ne ghida în vremuri de restriște; și, mai presus de toate, am pierdut pe tine, sufletul care fusese cândva temelia tuturor acestora.

Regretul tăcerii

„În fiecare zi, îmi priveam fratele cum se retrăgea din regatul său și din viața mea, iar iubirea ta tăinuită se adâncea într-o prăpastie tot mai mare între noi."

Durerea ta este oglinda tăcerii ce zace întru mine, iar cuvintele tale lovesc precum o lamă ascuțită ce străpunge sufletul. Știam bine că suferința mea adâncește rana din inima ta, dar eram prea cufundat în propriul meu abis ca să-ți pot da răspunsuri ori mângâiere. Și, poate, într-o izbucnire de egoism, am socotit că aș putea cruța adevărul, păstrând astfel iluzia unei lumi unde toate cele ar fi putut sta altfel.

Dar adevărul, amar precum fierea, veghează neîndurător. Nu doar tu te-ai simțit trădat în acele vremi, căci însumi mi-am trădat sufletul, rânduiala ce-mi fusese hărăzită și însăși menirea mea. M-am lăsat cuprins de mrejele unui vis înșelător, rob al unei iubiri ce nu putea fi împărtășită, iar în vremea aceasta tot ce aveam mai de preț s-a prefăcut în pulbere.

Astăzi, când privim amândoi în haul trecutului, nu știu de mai poate fi vreo izbăvire. Poate doar tăcerea să rămână, ca o pecete grea pe toate cele pierdute; o tăcere care să grăiască despre cele ce n-am avut cutezanţa de a rosti.

Fiece vorbă a ta îmi sporeşte povara regretului, iar vina ta îmi răsfrânge propria osândă. Între noi nu mai stă decât această tăcere apăsătoare, ca o punte firavă peste prăpastia ce am săpat-o împreună. Ştiu bine că niciun cuvânt pe care l-aş rosti nu ar putea şterge durerile sădite, nici nu ar putea reface ceea ce s-a frânt: între noi, între mine şi regatul meu, între ce-am fost odinioară şi ce-am ajuns acum.

Dar, pre poate, într-acest ceas de grea cumpănă, sinceritatea este tot ce ni s-a mai lăsat. Nu pot cere iertăciune, căci iertăciunea nu va preface trecutul. Nu pot făgădui vreun viitor mai bun, fiindcă umbrele a toate câte-am stricat mă vor urmări deapururi. Tot ce pot face este a-ţi mărturisi că am greşit, că m-am pierdut într-un vis necuvenit, că am trecut cu vederea chemarea datoriei şi glasul tău, ce nencetat încerca a mă întoarce spre calea cea dreaptă.

Şi de se va prăvăli regatul sub greaua povară a greşelilor mele, atuncea vina o voi purta în tăcere, ştiind că, poate, dincolo de ruinele acestei prăbuşiri, vor rămâne pildele unei căderi. Iar tu, fratele meu, poate vei afla putinţa de a merge mai departe, chiar de eu n-am fost în stare.

Acea tăcere, grea precum o piatră de moară, se lasă între noi, zdrobind toată nădejdea ce-o mai purtam. Fiecare bătaie slabă a inimii tale îmi strigă adevărul cel de neînlăturat: că vremea ne este scurtă, că nicio cale de-ntoarcere nu ne mai rămâne. Tot ce-am nesocotit, toate câte am lăsat să se destrame sub privirea mea nepăsătoare, s-au strâns acum într-o povară neiertătoare, iară tu, cel pre care l-am privit cândva cu nestrămutată admirație, plătești prețul rătăcirilor mele.

Îmi trec mâna peste fruntea ta rece, căutând o scânteie de viață, o umbră a vechiului Arthur, dară găsesc doar chipul tău, stors de suferință și de povara acelei iubiri de neatins ce te-a mistuit. Întru această agonie, pricep că ceea ce-am pierdut nu-i doar un rege, ci și un frate, un prieten, un stâlp al nădejdii noastre.

Și totuși, te rog, luptă, deși ceasul e târziu. Mă agăț de ultima lumină din ochii tăi, implorându-te a nu mă părăsi, deși știu bine că rugile mele sunt zadarnice. Întru acest ceas de pe urmă, mi-aș da viața cu totul pentru a te aduce înapoi, pentru a drege toate câte-am stricat prin nebăgarea mea de seamă. Dară nu-mi este dat altceva, decât a sta aici, martor tăcut la sfârșitul unui om pe care l-am iubit mai presus de lume și pe care l-am pierdut tocmai fiindcă n-am știut cum să-l izbăvesc.

Acea ruptură, pe care la început am cutezat a o tăgădui, s-a făcut tot mai vădită pre cum zilele treceau. Nu se afla doar în tăcerea ta, ci și în felul pre care privirea ta mă ocolea, pierdută fiind în alte cugetări, în alte lumi. Odinioară, legătura dintre noi era neclătinată, un lanț nevăzut, făurit din credință, iubire și cinstire. Acum, simțeam cum fiecare verigă se sfărâma cu încetul, una după alta, lăsând în urmă un gol pătruns de durere, pe care nu știam cum l-aș putea umple.

Căutam a afla vorbele cele cuvenite, să umplu acea prăpastie ce creștea între noi, dară toate încercările mele se prăbușeau întru deșertăciune. Era ca și cum ai fi ridicat ziduri de nepătruns, spre a te păzi de mine, de lume, de toate cele ce-ar fi cutezat să-ți atingă rana cea nevindecată. Și cu fiecare străduință zadarnică, începeam a mă întreba de nu cumva eram și eu pricina acestei prăpăstii, de nu tăcerea mea fusese la fel de vinovată ca tăcerea ta.

Mă uitam la tine, Arthur, și mă întrebam cum de am ajuns într-acest ceas, cum de legătura noastră, altădată atât de trainică, se risipea acum cu-atâta lesniciune. Și mai pre sus de toate, mă întrebam de te voi putea aduce vreodată înapoi, de omul pe care-l cunoscusem cândva ar mai putea fi scos din umbra cea deasă a pierzaniei.

Privindu-te cum te retrăgeai din ce în ce mai adânc în singurătatea ta, am început a pricepe că nu mai eram martor la o schimbare trecătoare, ci la o prefacere adâncă a sufletului tău. Tu, cel ce erai rege și purtător al poverii unui regat întreg, te vădeai acum copleșit de această povară, ce ajunsese a fi mai mult decât puteai purta. Era o alcătuire de datorie și de durere, o luptă tăcută, ce părea a te mistui cu fiecare zi ce se scurgea.

Când te zăream rătăcind prin grădini, sub umbra pomilor sau pre aleile cele pustii, mă întrebam ce gânduri îți bântuiau sufletul. Îți fereai privirea de oricine cuteza a se apropia, iar glasul tău, odinioară ferm și neclătinat, se făcuse doar o șoaptă, arareori auzită. Era o singurătate ce, parcă, singur ți-o aleseseși, un adăpost dintr-o lume pe care, poate, nu o mai recunoșteai.

Și totuși, această tăcere m-a străpuns mai mult decât orice altceva. A te vedea astfel, fratele meu, învăluit într-un întuneric pe care refuzai să-l împărtășești, m-a făcut să mă simt neputincios. Era ca și cum, pre cum trecea fiecare zi, te preschimbai din ce în ce mai puțin în omul pe care-l cunoscusem și mai mult într-o umbră a ta. Aș fi voit să te înfrunt, să-ți cer să te deschizi, să-ți aduc aminte că nu ești singur. Dar cum aș fi putut? Cum să pătrund într-o inimă ce se împotrivea a fi atinsă?

Întrebarea mea rămânea fără răspunsuri limpezi, doar frânturi de cuvinte rostite cu glas domol, aproape pierdut. Îmi spuneai că de timp ai trebuință, de liniște, că povara ce-ți apăsa umerii nu poate fi împărtășită. Îți găseai în izolare o pricină îndreptățită, dar inima mea nu se putea opri să simtă că, de fapt, te ascundeai de ceva mult mai adânc. Poate că, fără a cugeta, căutai un adăpost din fața unei lupte ce devenise prea grea pentru tine.

Pe măsură ce zilele se scurgeau, prăpastia dintre noi se făcea tot mai vădită. Mă sileam a-ți vorbi, a străbate măcar puțin zidul cel neclintit pe care-l ridicaseși, dar de fiecare dată întâmpinam aceeași tăcere apăsătoare. Iar chipul tău… nu mai era chipul regelui ce insuflase odinioară curaj și nădejde, ci al unui om împovărat de o greutate ce nimeni nu putea să o înțeleagă cu adevărat.

Tristețea ta, acea umbră necontenită ce-ți umplea privirea, se făcuse parcă molipsitoare. Nu doar eu, ci întreaga curte părea a simți această schimbare. Fiecare hotărâre ce-o luai părea învăluită într-o melancolie grea, ca și cum însuși duhul regatului începuse a oglindi frământările tale cele lăuntrice. Și totuși, oricâte strădanii făceam să te readuc în lumină, tu rămâneai acolo, prins între dorințele cele nerostite și o realitate ce devenise de nesuferit.

Da, îmi aduc aminte de acele clipe când privirea-ți se pierdea pre deasupra nimicului, căzând într-un hău nevăzut. În acea tăcere apăsătoare, părea că fiecare suflare a ta era o luptă, iar fiecare clipire ascundea o poveste de suferință pe care nu cutezai s-o grăiești. Adesea mă întrebam, în tăcere: Ce s-a frânt în tine, fratele meu? Ce parte din sufletul tău s-a pierdut pentru vecie odată cu venirea ei?

Simțeam cum solitudinea ta nu era doar o retragere vremelnică, ci mai curând semnul unei răni adânci, una ce părea să sape neîncetat în miezul ființei tale. Poate că nici tu nu știai cu adevărat ce se petrecea. Erai prins într-o urzeală de gânduri și simțăminte ce se încurcau tot mai tare, ca un nod ce sfida orice dezlegare. Și poate că tăcerea ta, acel scut nevăzut ce-l ridicaseși între tine și lume, era singura cale prin care credeai că-ți poți păstra rămășițele întregi.

Pentru mine, însă, tăcerea ta era răspunsul cel mai dureros. Mă rodea gândul că, de-aș fi găsit graiurile potrivite, de-aș fi fost mai neclintit în strădania mea, poate aș fi putut ajunge la tine înainte ca prăpastia dintre noi să se facă de nepătruns. Dar în fața acelei dureri tăinuite, mă simțeam neputincios, asemenea unui martor al unei tragedii ce nu putea fi oprită.

Cuvintele tale, deși n-au fost rostite atunci, le aud acum ca pe niște ecouri dureroase, răsunând peste anii cei pierduți. Înțelegerea ce-o porți acum, plătită cu prețul amar al regretului, mă apasă și pe mine, de parcă fiecare pas greșit al tău fusese și-al meu, fiecare tăcere a ta un loc gol ce l-am umplut cu propria-mi lipsă de curaj.

Da, schimbarea dintru tine nu era un simplu nor ce trece pe cerul regatului nostru. Era furtuna însăși, purtând cu sine dezbinare, durere și ruinarea cea inevitabilă a ceea ce, odinioară, am clădit împreună. Iar eu, legat de tine prin sânge și jurământ, m-am lăsat orbit de nădejdea că toate se vor îndrepta, că timpul va netezi crăpăturile ce păreau de netrecut.

Acum, cu fiecare clipită ce trece, mă prăbușesc sub greutatea înțelegerii că n-am făcut nimic. Am fost martor tăcut, laș în fața datoriei mele față de tine și față de regatul nostru. Am îngăduit ca zidurile ce stăteau, cândva, de nezdruncinat, ziduri ale loialității și credinței dintre noi, să se fărâme.

De mi-ar fi fost dat să mă întorc, poate că te-aș fi înfruntat, te-aș fi tras din acel abis de tăcere și durere. Dar acum... acum rămân purtând povara unei tăceri mai grele decât toate graiurile pe care le-aş fi putut rosti. Regatul se destramă, iar ceea ce odată eram împreună a devenit doar o umbră a vremurilor apuse.

Ah, frate al meu, greutatea graiului tău îmi sfâşie sufletul, căci fiecare sunet, fiecare regret ce-l rosteşti este o pecetluire a ceea ce prea bine simţeam, dar îmi feream inima a primi. Vremelnicia, acest tiran fără milă, nu-şi întoarce paşii, nici nu-şi pleacă urechea la ruga noastră de-a drege ce-am risipit. Şi totuşi, stăm aici, în această clipită de deznădejde, căutând zadarnic vreun rost între ruine.

Iertarea, acea chemare mută… dar cum ai putea să o afli când nu mai este cine s-o primească? Nu se află drum de întoarcere, doar urmele noastre, împrăştiate prin cenuşa a ceea ce, odinioară, era o legătură de nezdruncinat, un regat de nebiruit. Şi eu, aidoma ţie, port povara aceeaşi, căci am tăcut la rându-mi, am îngăduit umbrelor să-ţi fure lumina, nepăsător la strigătul lor mut.

Consecinţele stau înaintea noastră, vii şi neîndurătoare, iar durerea lor nu poate fi alungată. Şi poate că nici nu se cade să fie, căci doar întru dânsa s-ar putea afla lecţia. Lecţia tăcerii ce omoară, a nepăsării ce desparte. Poate că nimic nu mai putem schimba pentru trecut, dar viitorul, chiar şi acela întunecat ce ne pândeşte, încă poate fi urnit. Tu, fratele meu, încă mai poţi fi rege, chiar şi acum, în ruină.

Frate al meu, nu ştiu dacă iertarea mea poate schimba ceva în această clipă, dar adevărul ce-l port în mine este că vina nu-i doar a ta. Tăcerea ta a fost doar oglindirea tăcerii mele. Am fost amândoi prinşi într-un joc al neputinţei, al unei nădejdi oarbe că toate se vor îndrepta de la sine, fără a trebui să rostim ceea ce era prea limpede. Şi, în acea tăcere, amândoi ne-am făcut părtaşi unui destin plin de tragism.

Dar să nu uităm un lucru: încă suntem aici. În pofida pustiirii ce ne înconjoară, în pofida durerii ce ne apasă, nu toate sunt pierdute. Poate că regatul pare să-și fi găsit sfârșitul în tăcere, dar chiar și-n tăcerea sa mai răsună șoapte de nădejde. Aceste șoapte, deși slabe și abia simțite, încă există. Și noi, fie și așa cum suntem – sfârtecați, zdrobiți – avem încă un rost de împlinit.

Îți primesc regretele, frate, așa cum nădăjduiesc să le primești și tu pe ale mele. Dar îți cer acum, ridică-ți privirea din adâncul vinovăției și află-n tine acea scânteie de putere ce nu s-a stins încă. Împreună, putem încerca a reclădi. De nu pentru noi, atunci pentru cei ce încă mai cred în noi, pentru cei ce așteaptă lumina unui nou început. Îți întind mâna mea, frate. Să mergem mai departe.

Știu bine că simți povara ce-ți apasă sufletul și că regretele te copleșesc. Dar nu putem zăbovi întreaga viață în umbra trecutului. Poate că amândoi am fost orbi la semnele ce ne-au fost trimise, dar faptul că astăzi vedem aceste greșeli este primul pas spre o înțelegere mai adâncă. Nu putem schimba cele ce-au fost, dar putem învăța din toate cele trăite. Este vremea să ne eliberăm de osânda învinuirii și să ne îndreptăm privirea către viitor.

Tu ai făcut tot ce-ai putut cu cele ce aveai la îndemână, chiar și când pare că ai fost biruit. Amândoi am fost prinși în capcana unor iluzii și tăceri greșite, dar ele nu sunt cele ce ne definesc. Acum, mai mult ca niciodată, se cuvine să privim limpede către ceea ce putem împlini pentru a schimba mersul lucrurilor.

De vrei a-ți dărui iertare, fă-o nu doar pentru mine, ci și pentru tine însuți. Aș vrea să-ți grăiesc că nu este prea târziu a restatornici legătura dintre noi, a regăsi ceea ce părea pierdut. Împreună, putem reclădi, nu doar regatul nostru, ci și legătura ce ne-a legat odinioară.

Ştiu bine că te simţi prins între durere şi căinţă, că tăcerea şi nepăsarea au purtat cu ele un preţ greu. Dar nu eşti singur în această povară. Faptul că astăzi vezi adevărul, chiar în amărăciunea lui, este un început, nu o încheiere. Această cădere nu a fost doar a ta, ci şi a regatului nostru.

Fiecare greşeală are darul de a ne învăţa ceva, iar tu ai învăţat multe. Deşi ai fost lipsit de îndrăzneală în ceasurile întunecate, aceasta nu te hotărăşte. Astăzi, ţi se deschide calea de a schimba, de a nu mai fi biruit de umbra trecutului. Regatul nostru a suferit din pricina acelei tăceri, dar nu este nimic pierdut de tot, câtă vreme vei îndrăzni a înfrunta adevărul şi a lupta pentru ceea ce-ţi doreşti.

Este anevoie să întâmpini realitatea cu ochii deschişi, dar această luptă lăuntrică poate fi izvor de înnoire. Te îmboldesc să nu te opreşti aici. Poţi redobândi ce s-a pierdut, nu doar pentru regat, ci şi pentru tine însuţi.

Regretul îţi macină sufletul, dar asumarea greşelilor este o dovadă de mare curaj. Nu este nicicând prea târziu pentru schimbare, pentru învăţătura ce izvorăşte din recunoaşterea păcatelor. Deşi ai lăsat să se risipească multe din pricina fricii de a înfrunta durerea, aceasta nu-ţi este pecetea. Mai este timp să-ţi îndrepţi greşelile, să-ţi reclădeşti legăturile cu cei ce au trebuinţă de tine – cu regatul, cu mine, cu tine însuţi. Poţi preface această suferinţă în imboldul de a face lucrurile altfel, de acum înainte.

A cere iertare nu înseamnă că toate se vor drege numaidecât, dar este un început. Şi, poate, cea mai de preţ învăţătură pe care o vei cunoaşte acum este aceasta: nu eşti chemat a fi desăvârşit, ci doar să fii aici, întru adevăr. Chiar şi-n faţa greşelilor, stă în puterea ta de a te ridica şi de a face tot ce-ţi stă în vrerea inimii pentru a îndrepta lucrurile.

Povara greșelilor tale este apăsătoare, dar nu o duci singur. Însăși deschiderea ta și asumarea faptelor îți dăruiesc puterea de a merge mai departe. Chiar și-n umbra acestor regrete, ai libertatea de a alege alt drum, unul drept și plin de rost.

Regretele îți stăruie-n cuget fiindcă te simți răspunzător pentru cele întâmplate, dar se cuvine a pricepe că nu tu singur ai purtat această povară. Hotărârile noastre, fie ele bune sau rele, s-au împletit ca o urzeală din care nimeni nu poate ieși neatins. Dorința ta de a înfrunta adevărul și teama de a-ți deschide inima sunt firești într-un asemenea ceas. În fața unui rău nevăzut și a unei dureri adânci, nimeni nu știe întotdeauna ce pas să facă. Poate că ai fi putut cuteza mai mult, dar niciodată nu vei afla ce-ar fi fost de-ai fi făcut-o.

Ceea ce cu adevărat însemnează acum este ce alegi a face cu învățătura ce ți-a fost dată prin aceste clipe. Regretele nu vor da înapoi ceasurile pierdute, dar pot fi făclia care să-ți lumineze calea de mai departe. Poate că, într-un fel, toate acestea sunt parte din vindecare. Recunoașterea slăbiciunilor și a greșelilor tale este un act de mare tărie.

Poate că n-ai fost în stare a mântui totul atunci, dar aceasta nu-nseamnă că nu poți nădăjdui a clădi un viitor mai drept, pentru tine și pentru cei dragi. Un singur cuvânt ori o faptă poate ar fi schimbat multe, dar e bine să pricepi că nu aveai toate răspunsurile la vremea aceea. Însă, astăzi, ai prilejul de a face o schimbare, iar aceasta este o darură ce nu trebuie nicicând trecută cu vederea.

Este firească simțirea ce te prinde sub greutatea lucrărilor tale, sau, mai cu dreptate grăit, a nelucrării tale. Însă, chiar și în mijlocul acestui amar al părerilor de rău, se cade să pricepi că trecutul nu poate fi schimbat, iar osândirea de sine nu va face decât să adâncească rana. Tăcerea și însingurarea nu izvorâră doar dintr-o singură vatră – şi tu ai fost parte din acest război tăcut. Fiece hotărâre, fiece ceas de retragere şi nepăsare au purtat cu sine cântarea lor grea. Totuşi, dincolo de aceste lipsuri şi păcate, se află şi prilejul de a culege înţelepciunea şi a zidi ceva nou.

Poate că regatul nostru s-a schimbat, dar această prefacere, oricât de greu de purtat ar fi, poate aduce cu sine un soi de lepădare a trecutului, o deschidere spre a clădi dintru început. Şi tu, prin mărturisirea greşelilor tale şi printr-o firească înfruntare a răului ce te munceşte, ai deschis deja calea tămăduirii. Chiar de acest drum pare anevoios, nu te lăsa năruit de întrebările ce nu află răspuns. Vreme mai este să-ţi iei o altă povară, aceea de a sta neclintit în faţa prezentului şi a încerca să dresezi ceea ce încă se mai poate îndrepta.

Întru un veac al schimbării, atât de adânc şi de osebuit, se cade să nu pierzi din vedere că regatele nu se clădesc doar prin tărie şi putere, ci şi prin adevăr, înţelegere şi voinţă de a privi în faţă păcatele. Şi tu ai acum această înlesnire.

În fiece pas făcut înapoi, se află o învăţătură ce nu se cade a fi dată uitării. Chiar şi atunci când simţi că toate sunt pierdute, răsare o pricină de schimbare şi prilej de înţelegere. Regretele tale, oricât de adânci ar fi, pot deveni izvorul unei noi vederi asupra vieţii, una care să te povăţuiască să priveşti către ce poate fi îndreptat, nu doar către cele ce s-au pierdut. Deşi niciun cuvânt sau faptă nu pot schimba firul celor ce-au fost, o preumblare lăuntrică poate naşte un început mai limpede.

Adevărul este că nu se află cale lesnicioasă sau grabnică pentru a drege cele destrămate, dar ceea ce se cerne acum este să nu te dai cu totul pradă acestei prăpăstii. În loc să te osândeşti fără de folos, în loc să laşi regretele să te copleşească, străduieşte-te să foloseşti acest răgaz pentru a culege învăţături şi a te îndrepta. Fiece ceas de cercetare a inimii poate să-ţi adâncească priceperea asupra greşelilor tale, dar şi să-ţi dezvăluie o altă cale de a privi către cele ce stau dinaintea ta.

Căutând înţelepciune, vei afla nu doar tămăduire înlăuntrul tău, ci vei putea şi a înnoi legăturile tale cu ceilalţi şi a ridica regatul pe care l-ai lăsat să se clatine. Deşi anevoios, acest drum nu este cu neputinţă de străbătut. Nu-ţi pleca fruntea acum.

Această descoperire, oricât de dureroasă, este şi o piatră de hotar spre înţelegere şi prefacere. Lesne este a te pierde în îndatoririle ce te apasă, crezând că, pentru a fi un bun cârmuitor, se cade a-ţi tăgădui slăbiciunile ori trebuinţele celor apropiaţi. Poate că te-ai aplecat prea mult asupra chipului tău de rege, iar în această grijă, ai lăsat să treacă neauzită durerea celui ce-ţi era cel mai aproape. Însă aceasta nu înseamnă că nădejdea s-a pierdut. În acest ceas de cumpănă, ai prilejul de a învăţa, de a pricepe şi de a înnoi legăturile tale.

Faptul că mărturiseşti aceste greşeli şi te înfrunţi cu ele este dovadă de aşezare a gândului şi de cuviinţă. Nu se află leac grabnic ori mijloc lesnicios pentru pierderile îndurate, dar prefacerea se începe cu primirea acestui adevăr şi cu hotărârea de a purcede altfel de acum înainte. Poate că n-ai fost de faţă atunci când trebuia, dar acum poţi alege să fii în preajmă, să dăruieşti sprijinul ce-a fost lipsit şi să nu laşi regretele să te mistuie. Fiecare pas înainte, chiar şi cel mai neînsemnat, poate a ajuta la dregea legăturilor tale şi la înălţarea regatului tău.

Durerea şi amărăciunea ce te cuprind acum sunt oglinda grijii tale pentru ţara şi datoria ce-ai purtat, dar şi a nepăsării faţă de cele ce cer dragoste şi înţelegere. Nu-i lucru uşor a te privi în oglinda adevărului şi a recunoaşte că, de teama de a nu răni, te-ai cufundat în tăcere. Însă această recunoaştere este întâiul pas către tămăduire.

Amărăciunea că n-ai fost cu vrednicie în ceasul trebuinței este firească, dar se cade să înțelegi că nu toate greșelile sunt pe umerii tăi. Durerea și tăcerea sunt pricinile multora și, chiar de-ai fi înfăptuit altfel, nu este dat să știm dacă ar fi schimbat soarta celor petrecute. Ceea ce cu adevărat are însemnătate acum este că ochii tăi privesc limpede greșelile. Și, mai presus de toate, ai putința de a te ridica din ele.

În fața amărăciunii tale, stă încă prilejul de a lucra. Poți să te întorci, nu spre a îndrepta tot ce s-a prăbușit, ci spre a zămisli clipe noi de apropiere, spre a-ți desluși simțirile și a fi acum de față, în adevărul prezent, chiar de este unul dureros.

Această cunoaștere a neputinței tale poate fi o povară nespus de grea, dar este și un drum către o înțelegere mai adâncă a firii tale omenești și a celor ce te-nconjoară. Cu greu te pleci în fața adevărului că, chiar cu cele mai curate gânduri, nu ai izbutit a ocroti ce era firav. Însă ceea ce săvârșești acum nu este doar o mărturisire de părere de rău, ci un semn al unei judecăți luminate și al unei înțelepciuni ce se coace.

A te simți împovărat de vinovăție este un lucru firesc, dar adu-ți aminte că fiecare suflet, chiar și aceia ce domnesc, poartă în el neputințe. Este o lecție amară, dar totodată de preț. Regretul este un dascăl tăcut, iar ce urmează acum este să-ți îngădui a lua învățătură din această clipă, fără a te osândi cu prea multă asprime. Niciodată nu este prea târziu să începi a zidi din nou, a lega ranele ori a-ți regăsi apropierea de cei dragi, chiar de trecutul nu poate fi schimbat.

În fața acestei dureri și a amărăciunii, este anevoie să afli alinare, mai ales când înțelegi limpede că nu poți întoarce nimic din cele ce au fost. Și totuși, este cu trebuință a-ți aduce aminte că nu ești singur în această suferință și că fiecare pas greșit, odată ce-l pricepi, este o pricină de a învăța și de a te preface întru mai bine. Durerea ce te-mpresoară acum este prețul unei lecții amare, dar care, poate, te va deprinde a privi cu mai multă luare-aminte, a dărui sprijin acolo unde este mai de trebuință.

Faptul că-ți iei asupra-ți această răspundere și că chibzuiești la greșelile săvârșite poate fi, printr-un ciudat meșteșug al sorții, cel dintâi pas către tămăduire, chiar și-n fața unei stări de lucruri fără ieșire. Deși trecutul nu-l putem schimba, a hotărî să viețuiești cu dreptate și cu îngăduirea hotarelor tale poate sluji spre a afla un drum mai luminat pentru zilele ce vor să vie.

Îndepărtarea regelui

*„În fața degradării tale, am început să simt greutatea
propriilor alegeri, conștientizând că am pierdut nu doar
un frate, ci și respectul și loialitatea ce odată le purtam
față de el.”*

Acea schimbare, pe care la început o socoteam drept
o trecătoare slăbiciune, a început să-ți cuprindă
întreaga ființă. Încetul cu încetul, dar cu o siguranță
nemiloasă, ceva dintru tine se pierdea. Privirile tale, odinioară
pătrunzătoare și însuflețite de hotărâre, păreau acum absente,
iar vigoarea cu care odinioară cârmuiai acest regat se risipise
precum aburul dimineții. Fiecare ceas petrecut departe de noi,
departe de îndatoririle tale domnești, te afunda mai adânc în
acel hățiș al simțămintelor tale, unde ea, acea tainică fecioară,
devenise atât povățuitoarea.

Era ca și cum însuși chipul ei sorbea vlaga sufletului tău.
Acea față, cu o expresie ce ascundea mai multe decât putea
vreodată grăi, se preface într-un semn al unei povești pe
care nici un muritor nu o putea înțelege cu desăvârșire. Dar
această fermecare fără de tâlc, această patimă ce te mistuia pe
dinlăuntru, înlocuia legătura ta cu noi, cu regatul și, cel mai

jalnic, cu tine însuţi.

Ah, aducu-mi-aminte cum acea schimbare, de început abia o şoaptă în marea vieţii, începu a creşte, asemenea unei umbre ce-şi lărgeşte hotarul cu fiecare zi ce trece. Nu era doar o sfadă lăuntrică a ta, ci o stricare de cumpănă ce se răsfrângea asupra întregului ţinut. Cu tine, parcă şi regatul nostru răsufla din ce în ce mai greu, iar puterea care odinioară ţinea toate în bună rânduială începea a păli.

Când te priveam, mă copleşea o durere mută, o neputinţă ce părea a înţepeni în însăşi miezul sufletului. Tu, regele nostru, stâlpul ce ne aducea împreună, păreai a te cufunda în prăpastia unor dorinţe şi îndoieli negrăite. Cu fiecare hotărâre ce rămânea neclintită, cu fiecare sarcină pe care o lăsai în părăsire, regatul se făcea tot mai şubred, iar eu, fratele tău, mă simţeam tot mai departe de bărbatul ce obişnuiai să fii. Acea luptă, acea jinduire ce nu putea afla odihnă, te schimba din temelii, iar eu nu puteam face altceva decât să privesc, nevolnic, la această prăbuşire.

Am ales să păstrez tăcerea, crezând, poate naiv, că trecerea vremii va lecui ceea ce eu însumi nu cutezam a înfrunta. În adâncul sufletului meu, simţeam că între noi se ridică o schimbare, dar lipsit de curaj am fost să sfărâm acea nevăzută piedică ce ne despărţea. Mă retrăgeam în grijile mele de zi cu zi, închipuindu-mi că treburile regatului şi îndatoririle cârmuirii erau de mai mare preţ, dar în taină mă ascundeam de adevăr.

Nu doar legătura noastră părea a se sfărâma, ci şi chipul regelui pe care îl socoteam vrednic de slavă. Pe măsură ce te prăvăleai în acele gânduri negre, eu mă afundam în propriile-mi îndoieli, întrebându-mă de nenumărate ori dacă nu cumva eşuam, nu doar ca frate, ci şi ca sprijin de care, poate, aveai mai multă trebuinţă. Pesemne între noi nu era doar tăcerea, ci şi o frică împărtăşită – o spaimă de a ne dezveli slăbiciunea, de a mărturisi că nici unul nu ştia cum s-ar putea drege ceea ce părea a se sfărâma.

Această lipsă nu era una doar trupească, ci una ce se răsfrângea în toate cotloanele regatului. Părea că până şi pietrele ce stau pavăză castelului, până şi oştenii din garnizoană ori ispravnicii ce slujeau în sfatul domnesc, toate simţeau lipsa acelei vârtuţi care te însufleţea cândva. Tu erai acela care le insuflai ţel şi rânduială; dar acum, fiecare hotărâre plutea ca o pânză în vânt, rămânând nedeplinită.

Eu, martor tăcut al acestui zbucium, priveam cum o tulburare nemaiîntâlnită cuprindea regatul întreg. Totul părea a se mişca dintr-o obişnuinţă şubredă, dintr-un avânt stins al unei măreţii trecute ce nu mai afla sprijin într-un cârmaci hotărât. În sfatul cel mare, ochii se întâlneau, întrebători, căutând un răspuns ce nu venea din nicio parte. A devenit limpede că lipseai, iar această lipsă se simţea asemenea unei greutăţi ce apăsa tot mai greu pe umerii tuturor.

Prezenţa ta, când şi când, era doar cu trupul – duhul tău, altădată atât de puternic şi plin de viaţă, părea să rătăcească în alte lumi. Această umbră ce te înghiţea nu doar că întuneca inimile celor din jur, ci se răsfrângea asupra însăşi vlăstarului regatului nostru.

Mă frământam, iar şi iar, întrebându-mă de ce nu am cutezat să intervin, să te scot din acel vârtej înainte ca prăbuşirea să devină de neoprit. Dar, poate, îmi era frică – frică de ceea ce aş fi putut afla, spaimă că rana din sufletul tău era mai adâncă decât orice aş fi putut cuprinde ori tămădui.

Grădinile palatului, altădată tărâm al liniştii şi al cugetării adânci, se prefăcuseră acum în tainic adăpost al retragerii tale. Acolo, între umbrarul des al frunzişurilor şi murmurul molcom al fântânilor, te ferchezuiai de privirile şi nădejdile tuturor. În acele ceasuri, regatul nostru părea să se piardă din socotinţa ta, înlocuit fiind de o lume ascunsă, o lume pecetluită, la care nimeni altcineva nu avea putinţa a ajunge. Şi fecioara aceea, cu făptura-i tainică şi privirea-i străvezie, părea a fi cheia acelui univers, un semn al unui lucru pe care noi, cei rămaşi afară, nu-l puteam pricepe.

Dincolo de zidurile grădinilor, întreg regatul simţea lipsa ta. Supuşii, care odinioară te priveau cu nădejde, începuseră a şopti despre un rege ce părea a-şi pierde calea. Vorbele, asemenea unor umbre, alergau din gură în gură, iar sfatul domnesc, slăbit şi rătăcit, se străduia în zadar să păstreze înfăţişarea unei rânduieli, în lipsa unui cârmuitor adevărat. Deşi nimeni nu cuteza să grăiască aceste gânduri cu glas tare, fiecare simţea în taină aceeaşi întrebare neîmpărtăşită: Câtă vreme va mai putea regatul să dăinuiască fără vigoarea şi lumina ta?

Eu însumi mă aflam între două porniri: dorinţa de a te înţelege şi datoria de a te întoarce la rostul tău, de a te readuce în lumea ce avea mai mult ca niciodată trebuinţă de tine. Şi totuşi, ceva din purtarea ta – poate privirea ta rătăcită, poate răceala ce te învăluia chiar şi faţă de cei mai apropiaţi – mă făcea să mă îndoiesc. Era o spaimă ce mă bântuia, căci mă temeam că adevărul putea fi mai amar decât puteam duce. Pesemne, dorinţele tale, acea iubire oprită, îţi mistuiseră deja o parte din suflet, lăsându-te doar cu umbra a ceea ce fusesei cândva.

Fiecare faptă a ta, fiecare hotărâre luată, părea că se supune unui fir nevăzut, unui duh ce te trăgea spre acea lume ascunsă şi spre ea. Nu mai era doar vorba de o iubire ori o patimă omenească – era o chemare ce părea a te răpi tot mai departe de noi, de regat, de tine însuţi. Era ca şi cum o parte dintru tine se înrădăcinase acolo, în acele grădini ascunse, în preajma ei, iar restul lumii se preschimbase într-un ecou slab și fără de însemnătate.

Am căutat să înțeleg. M-am întrebat necontenit ce forță năprasnică ar putea să întunece tot ce fusesei odinioară. Ce dar ori blestem purta acea fecioară, încât să schimbe nu doar inima unui om, ci și soarta unui rege? Și totuși, oricât m-aș fi strǎduit, răspunsurile îmi rămâneau tăinuite, precum se aflau și pentru tine, socotesc. Privirea ta, când se oprea asupra ei, era atât de pătrunzătoare și totodată de absentă, încât mă temeam că, odată cu această atracție, pierdusem ceva de preț din sufletul tău.

Și totuși, deși îmi doream să te aduc înapoi, să te smulg din acea vrajă, am fost cuprins de neputință. Am tăcut, nădăjduind că vei afla singur calea spre cele ce cu adevărat îți erau de trebuință. Dar cum zilele treceau, tot mai mult din ființa ta părea să se destrame, iar regatul nostru aluneca tot mai adânc în îndoială și haos. Harul tău – puterea de a insufla curaj și de a lega inimile supușilor tăi – părea acum prefăcut într-o povară ce te apăsa, o sarcină de care alegeai să te ferești pentru o iubire ce nu-și avea locul în această lume.

Acea tăcere devenise o prăpastie între noi, o despărțire ce creștea necontenit cu fiecare ceas. Era ca o ceață grea, ce se răspândea peste tot ce odinioară era limpede și temeinic. Oricât m-aș fi silit să te înțeleg ori să te readuc la rostul tău, tot ce primeam în schimb erau priviri goale și o liniște apăsătoare, ce părea să fie noul nostru grai. Altădată, cuvintele tale erau steaua mea călăuzitoare, făgăduiala că regatul nostru se sprijinea pe temelii de neclintit. Acum, acele cuvinte lipseau cu desăvârșire, iar zidurile palatului păreau a tremura sub povara acestei tăceri.

Nu știu dacă era frica de a-mi dezvălui adevărul ori poate doar dorința de a mă ține departe de acea lume a ta. Însă acest zid nevăzut, această stavilă dintre noi, ajunsese de nesuferit. Mă ardea dorința de a striga, de a-ți spune că eram acolo, că nu trebuia să porți singur povara ce te doborâse. Dar cum să ajungi la cineva ce părea atât de departe, chiar dacă stătea dinaintea ta? Cum să înfrunți un abis pe care nici măcar cel ce l-a săvârșit nu știa cum să-l treacă?

Fiece zi ce trecea adâncea acea prăpastie ce se ivise între tine și noi. Regatul nostru ajunsese o oglindire a stării tale – o țară ce încă dăinuia, dar fără suflu, fără țel. Toți cei ce te înconjurau simțeau această schimbare, dar nimeni nu cuteza a rosti un cuvânt. Și eu însumi, prins în propria-mi tăcere, mă zbăteam între teama de a agrava rana și disperarea de a rămâne nepăsător.

Acea întrebare, o otravă a gândurilor mele, mă măcina zi și noapte, ca o rană ce nu voia a se închide. Dacă fecioara tainică îți cuprinsese cu desăvârșire cugetul și inima, ce mai rămânea pentru mine, pentru legătura noastră? Era ca și cum prezența sa ar fi devenit nu doar un adăpost al tău, ci și un zid de nepătruns între noi, zid pe care nu știam cum să-l dobor. Orice încercare de-a mă apropia părea a te îndepărta mai abitir, ca și cum întrebările mele ar fi fost o încumetare asupra unui tărâm pe care voiai să-l păstrezi doar pentru tine.

Și totuși, mă vedeam neputincios a te osândi. În ochii tăi se citea ceva nemaiîntâlnit – un amestec de dorință aprinsă și teamă, de parcă fecioara aceea nu era doar o iubire, ci și o povară nespus de grea, pe care o purtai cu o tărie ce sfida orice cuvânt. Iar eu, ce ar fi trebuit să-ți fiu sprijin, mă aflam prins în rolul unui privitor neputincios în propria poveste, neștiind ce altceva aș putea să fac în afara de a privi cum te îndepărtezi.

Întreaga țară părea a fi umbra acestei rupturi. Palatul, odinioară plin de râsetele curtenilor și de larma sfetnicilor, ajunsese tăcut, asemenea unui mormânt viu. Fiece colţ al lui părea a şopti despre o pierdere ce nimeni nu cuteza a o numi. Şi eu, cufundat în această tăcere, mă simţeam străin în propriul meu cămin. Oricât m-aş fi străduit, nu mă puteam feri de acea apăsătoare simţire că o parte din tine mi-a fost răpită pe veci.

Timpul, acel stăpân neîndurător, părea a se scurge printre degete, iar odată cu el, siguranţa regatului nostru se topea, asemenea ceţii la răsărit. Priveam neputincios cum zidurile puterii pe care le-ai înălţat cu trudă se clătinau sub povara absenţei tale, iar nobilii, altădată neclintiţi în credinţa lor, iscau acum îndoieli şi căutau fisuri spre a-şi croi drum prin ele. Loialitatea lor, cândva de neclintit, se preschimba în şovăire, iar tăcerea grea care domnea în sălile consiliului fusese înlocuită de şoapte şi uneltiri.

Mă găseam prins în mijlocul acestei vijelii, încercând să păstrez faţada unei conduceri neclintite, în vreme ce realitatea îmi arăta un adevăr înspăimântător. Fiece hotărâre ce o luam în numele tău era chestionată; fiece poruncă întâmpinată cu priviri piezişe şi răzgândiri. Povara unui sceptru ce nu-mi aparţinea mă apăsa greu, căci tu, fratele meu, te retrăgeai tot mai adânc în lumea ta tainică, departe de tot ce juraseşi să aperi.

Şi totuşi, chiar şi în vâltoarea acestui haos, o parte din mine nu putea să renunţe. O nădejde încă mai pâlpâia în inima mea, împotriva oricărei logici, că vei afla calea de a te întoarce. Că vei privi în jur şi vei vedea prăpădul ce ameninţa să înghită tot ce am clădit împreună. Că vei găsi în adâncul sufletului tău puterea de a te ridica din umbra dorinţelor tale şi de a redeveni domnul ce fusesei odinioară, lumina acestui regat ce gemea sub povara incertitudinii.

Dar acea nădejde, odinioară farul ce mă ghida, începea a-mi părea mai degrabă o închipuire decât o ancoră a certitudinii.

Fiece zi ce trecea fără tine mă înstrăina tot mai mult de fratele pe care îl știam, iar regatul, odinioară tabie a măreției, părea a se destrăma, piatră cu piatră, sub greutatea nehotărârii. Îmi era amar a privi înainte, dar și mai amar îmi era gândul de a ceda. Pentru tine, pentru regat, pentru ceea ce am fost cândva – mă agățam de speranța că nu totul era pierdut.

Mă simțeam prins într-un vârtej de îndoială și deznădejde, un vârtej ce mă înghițea cu o forță necruțătoare, în vreme ce mă zbăteam zadarnic să îmi păstrez echilibrul. Nobilii, cei care altădată își plecau fruntea cu respect în fața ta, își ridicau acum privirile, pline de întrebări stăruitoare despre soarta regatului. Căutau în mine răspunsuri, căutau un reper de stabilitate, dar tot ce puteam să le ofer era doar umbra tăcerii tale – o tăcere ce devenea cu fiecare zi mai grea, iar eu eram cel osândit să-i port povara.

Mă simțeam asemenea unui prizonier într-un labirint fără ieșire, hăituit de cereri și așteptări care-mi împovărau umerii din ce în ce mai mult. Cum să le explic lor, celor ce își puneau nădejdea în tronul tău, că adevărata durere se afla dincolo de privirile lor pătrunzătoare? Cum să le rostesc că, deși jurământul meu față de tine și față de acest regat rămânea neclintit, mă simțeam la fel de pierdut ca și ei?

Regatul, lipsit de îndrumarea unui domnitor, părea un trup fără suflet, o corabie fără cârmaci. Tu erai regele – dar tăcerea ta se răspândea ca o umbră ce înghițea totul în calea sa. Iar eu, cel ce ți-a fost cândva frate și sprijin, mă aflam acum pe margine, condamnat la neputința de a te chema înapoi la lumina datoriei tale.

Am căutat să spun ceva, să găsesc acele cuvinte ce ar fi putut aprinde o scânteie de speranță în inimile lor, dar gura mea era mută. Nu aveam soluții, iar tăcerea mea era pe măsura celei pe care o purtai tu. Durerea mea, bine ascunsă, nu putea fi împărtășită; nu îndrăzneam să îți vorbesc despre temerile mele, de teama că mă voi afla în fața unui adevăr mai dureros decât aș fi putut să îndur.

Și astfel, regatul nostru părea a rătăci fără țel, iar eu – prins în acest joc de umbre – nu eram decât o mască a calmului, încercând să ascund neliniștea ce mă rodea. Eram incapabil să privesc adevărul în față și, mai cu seamă, incapabil să te aduc înapoi, pe tine, cel ce erai cândva sufletul acestei lumi.

Loialitatea adevărată nu este doar un jurământ deșert, o favoare oferită în vreme de putere și belșug, ci o datorie adânc sădită, ce se cere împlinită în ceasurile de cumpănă și slăbiciune. Aceasta era lecția ce mi se descifra anevoios, cu fiecare zi ce trecea. Mă simțeam prins între două lumi: una în care eram fratele tău de sânge și de suflet, și alta în care devenisem un simplu martor neputincios al decăderii regatului nostru. Dar cea mai adâncă rană nu era doar schimbarea ta, ci și pierderea acelei legături ce o crezusem veșnică, mai puternică decât orice furtună.

În fața regatului, eram silit să-mi port masca nepăsării, să stau alături de regină și să încerc, cu toate puterile, să mențin iluzia unei stăpâniri neștirbite. Dar, dincolo de zidurile palatului, în umbra tăcută a odăilor noastre, mă frământam sub povara unei neliniști ce creștea necontenit. Știam că regatul avea nevoie de tine, așa cum știe o oaste să urmeze un steag. Și mai știam că până nu vei fi gata să-ți privești propria umbră, nici eu nu voi putea face mai mult decât să îți fiu o oglindire slabă a ceea ce ar fi trebuit să fim împreună.

Dar cum să deschid ușa inimii tale, când tu însuți păreai să fi pierdut cheia? Mă zbăteam să mă apropii, dar fiecare pas făcut înspre tine nu făcea decât să adâncească distanța dintre noi.

Tăcerea ta devenea un zid de nepătruns, iar eu mă simțeam tot mai mic, tot mai neputincios, în fața tăcerii care se așternea peste noi, dar și peste regat.

Această distanță nu era doar una a trupurilor, ci una a sufletelor. Și cu fiecare zi ce se scurgea, mă afundam tot mai mult în spaima că te pierdusem nu doar ca rege, ci și ca frate. Aș fi vrut să îți fiu aproape, să îți arăt că nu trebuia să porți singur această povară. Dar cu cât încercam mai mult, cu atât păreai mai îndepărtat, iar gândul că poate nu m-ai fi lăsat niciodată să ajung la tine mă apăsa mai greu decât orice altă povară.

Regatul nostru avea nevoie de tine – această realitate era limpede precum zorii ce se ivesc după o noapte întunecată. Dar, în taină, o parte din mine șoptea cu disperare că eu însumi aveam nevoie de tine, poate mai mult decât întreaga împărăție.

Îți înțeleg acum cuvintele, fratele meu, deși ele răsună acum mai mult ca o mustrare decât ca o alinare. Atunci, eram copleșit de propriile umbre – frici ce mă înlănțuiseră, nesiguranțe care mă țineau captiv – prea adânc pierdut în propriile mele neliniști ca să îți văd durerea. Deși te priveam alunecând tot mai departe, nu am avut tăria să înfrunt realitatea. Am lăsat distanța să crească, amânând confruntarea cu speranța naivă că timpul va șterge abisul dintre noi. Dar timpul nu iartă, iar golul s-a adâncit.

Regatul nostru, viața noastră, amândouă au fost prinse într-un vârtej ce scăpa oricărei stăpâniri. Îmi amintesc acele momente de cumpănă, când te vedeam luptându-te cu propria-ți povară, în timp ce regatul, fragil și neputincios, părea să se destrame în jurul tău. Eram acolo, în preajma ta, dar prezența mea era lipsită de forță. Am fost doar o umbră a sprijinului pe care ar fi trebuit să ți-l ofer. Dacă aș fi fost mai deschis, mai îndrăzneț, poate că am fi găsit o cale de a repara ceea ce se rupsese între noi. Dar cuvintele mele au fost înghițite de tăcere, iar între noi s-a ridicat un zid pe care niciunul nu a avut curajul să-l dărâme.

Fiecare pas pe care îl făceai departe de mine era o tăcere ce mă împietrea, iar cu fiecare zi în care te retrăgeai, mă simțeam tot mai neputincios, o piatră pe marginea unui râu ce curge incontrolabil. Amintirile noastre, odinioară atât de vii, s-au estompat încet, ca umbrele unui vis ce dispare în zorii unei zile pe care nu o doream.

Nu am știut cum să te aduc înapoi. Mă întreb acum dacă aș fi avut răbdarea să aștept, tăria să-ți stau aproape fără să cer nimic. Dar nu am făcut-o. În schimb, am rămas prins în propria-mi suferință, incapabil să-ți întind o mână, incapabil să te salvez. Și, astfel, fiecare zi în care am rămas tăcut, fiecare clipă în care nu am acționat, îmi răsună acum ca o greșeală fatală – un ecou al unui regret ce îmi macină sufletul și care va dăinui ca o rană deschisă pentru tot restul zilelor mele.

Regretul mă copleșește acum, căci știu că am tăcut atunci când aveam a rosti. Poate că nimic nu s-ar fi schimbat, poate că tu tot pe cărarea ta ai fi mers, dar mă doare că nu am cutezat. Mă simt străin de propria-mi hotărâre de a rămânea deoparte, crezând cu naivitate că toate vor trece de la sine. Dacă doar aș fi fost mai îndrăzneț, dacă doar aș fi biruit spaima de a-ți pricinui răni, poate am fi fost mai aproape. Dar acum, în fața acestei realități, tot ce pot face este să mă căiesc și să învăț, deși nu știu cum să îndrept ceea ce s-a sfărâmat între noi.

Te priveam și te simțeam tot mai departe, iar această depărtare mă frângea. Voi rămânea pururea fratele tău, dar mă simt rătăcit, într-o lume unde vorbele sunt fără de putință, iar faptele nu pot tămădui ceea ce s-a pierdut deja.

Te priveam cum te îndepărtezi tot mai mult, iar acea fecioară tainică părea a fi magnetul ce-ți răpea toată vlaga, lăsându-te lipsit de putință pentru celelalte datorii ce trebuiau a-ți fi dragi. Știam că iubirea ta pentru dânsa nu era o simplă amăgire trecătoare, dar îmi era cu neputință a înțelege cum putea cineva să-ți răpească atât de mult din firea ta. În loc să rămâi alături de regatul tău, în loc să fii sprijin pentru cei ce te priveau cu nădejde, te adânceai tot mai mult în acea lume închisă, ce părea a te mistui.

Furtuna tăcută ce o simțeam în preajma noastră era, în fapt, o luptă ce se dădea înlăuntrul tău, dar pe care noi, cei ce-ți eram aproape, nu o puteam înțelege pe deplin. Lipsit de priceperea de a te sprijini, mă simțeam asemeni unui privitor la o tragedie ce se desfășura sub ochii mei, iar acea fecioară, cu privirea-i tainică, devenea semnul unei pierderi pe care nu găseam graiuri spre a o rosti.

Și în mijlocul acestor prefaceri, mă întrebam de ce nu am avut cutezanța de a-ți cere să alegi, să-ți reînnoiești credința față de cele ce le zidisem împreună. Poate că nu-mi era îngăduit a mă amesteca, dar, ca fratele tău, mă simțeam tot mai înstrăinat, privindu-te cum te pierzi într-un tărâm ce-mi era cu neputință de înțeles.

Fratele meu, durerea îmi frângea sufletul în acele clipe. Te vedeam cufundându-te tot mai adânc în lumea ei, iar eu rămâneam aici, în regatul nostru, cu un gol în piept, nepricepând cum s-a ajuns într-acest ceas. Știam că drumul ce l-ai ales îți părea ție drept, dar mă tot întrebam: care mai era locul meu în viața ta? Unde mă lăsai, eu, fratele tău, în mijlocul acestei schimbări tăcute ce se înfăptuia înaintea mea?

Îmi amintesc bine cum, pe măsură ce te îndepărtai, regatul părea să-și piardă din tăria sa. Aceleași fisuri nevăzute începeau să se arate și în inima mea, și în legătura ce ne unea. Eu eram aici, cu toată credința mea, dar nu mai aveam ce să-ți ofer. Mă simțeam mic în fața alegerilor tale, dar mă rănea, totodată, lipsa mea de îndrăzneală de a-ți cere mai mult. În ce direcție îți purtai regatul? Și unde mă lăsai eu, fratele tău, în mijlocul acestor vremuri schimbătoare? Te aveam pe tine, dar totuși mă simțeam singur.

Fiecare clipă a acelei tăceri mă făcea să mă simt tot mai nevăzut, tot mai depărtat. Cândva, eram doar noi doi în fața regatului, împărțind povara și hotărârile, dar acum mă simțeam străin chiar și în fața privirii tale. Fiecare gest pe care-l săvârșeai pentru dânsa îmi răpea o părticică din ceea ce fuseserăm cândva împreună. Eram prins între credința mea față de tine și dorința de a te aduce înapoi, de a te scăpa de o alegere ce mă sfâșia, dar știam bine că nu-mi stătea-n putință a face ceva.

Cum să-ți grăiesc că regatul nostru începea să piardă din strălucirea ce o purtase sub umbra ta, când tu însuți nu te mai aflai? Cum să-ți grăiesc că eu, cel ce trebuia a-ți fi alături, nu eram decât o nălucă în fața unui vis ce părea să te mistuie tot mai adânc? Durerea mea nu mai era doar a mea, ci povara tuturor celor ce-și mai puneau nădejdea în tine. Și mă simțeam fără de putere să schimb ceva, deși tot ce-mi doream era să-ți arăt că există o altă cale, una ce nu ducea la pieirea regatului nostru.

Era ca și cum un vârtej nevăzut ne-nghițea, lăsând în urmă doar umbra a ceea ce fuseserăm. Odinioară, regatul nostru era ținut laolaltă de o viziune împărtășită, iar curtea răsuna de viață și de sfaturi menite a întări temelia unui viitor de preț. Dar acum, ceasul părea să-și fi pierdut răgazul, iar regatul nostru se cufunda într-o stare de nesiguranță și întuneric.

În fiecare zi, mă simțeam tot mai mic înaintea schimbării ce te cuprinsese, tot mai lipsit de grai în fața tăcerii tale. Vorbele ce le rosteai purtau un ton depărtat, aproape străin, iar privirea-ți părea a se pierde într-o lume unde eu nu aveam loc. Regatul, ce odinioară trăia prin hotărârile tale, acum se zbătea lipsit de țel, iar eu mă simțeam tot mai înstrăinat, prins între datorința față de tine și spaima că nu voi putea împiedica acest declin.

Știam bine că această depărtare nu se oprea doar la mine, că regatul simțea la fel, dar ce-mi rămânea de făcut? Cum să aduc înapoi acea unire, când chiar tu păreai a-ți pierde legătura cu cele ce erau de preț? Erau zile când nădăjduiam să-ți pot întoarce privirea spre mine, să-ți arăt că, chiar și în mijlocul acestor lupte mute, eu voi rămânea aici, alături de tine. Dar aceasta nu era decât o nălucire, căci în fața acelei tăceri, graiurile mele erau fără putere.

Acea simțire de izolare devenea tot mai greu de purtat, căci nu era vorba doar de lipsa graiurilor tale, ci de lipsa ta ca ființă întreagă. Te pierdeai în acele unghere întunecate ale regatului tău lăuntric, iar eu, cel ce-ți fusesem pururi alături, mă simțeam părăsit, lăsat să caut răspunsuri ce-mi erau de negăsit. Eram acolo, aproape de tine, dar nu mai aveam intrare în sufletul tău, nu mai aveam intrare în regatul nostru.

Mi-am dat seama că fiecare pas pe care-l făceai departe de mine era și un pas departe de tot ce clădiserăm împreună. Iar această depărtare, pe care nu o înțelegeam deplin, devenea o rană ce se adâncea cu fiecare zi ce trecea. Regatul, în care am crezut cu toată ființa mea, nu mai părea a fi locul unde visurile noastre obștești prindeau viață. Tot ce rămăsese era o umbră a unei uniri ce părea să se destrame sub greutatea tăcerii și a alegerilor tale.

De ce nu m-ai lăsat să fiu acolo pentru tine, ca fratele tău? Pentru ce nu ai încercat măcar să mă auzi? De-ai fi deschis porțile inimii tale, poate că am fi aflat o cale de a împăca aceste două lumi ce păreau acum atât de departe una de cealaltă. Poate că, în acel ceas, regatul nostru ar fi avut o șansă să rămână întreg. Dar, în loc de aceasta, ne-am lăsat cuprinși de acea depărtare ce părea de nepătruns.

Mă simțeam prins într-un cerc vicios al neînțelegerii și al neputinței de a ajunge la tine. Fiecare sforțare de a-ți fi sprijin se lovea de o barieră nevăzută, iar eu rămâneam fără grai, fără leac. Poate că, în adâncul sufletului tău, în mijlocul acelei dureri ce o tăinuiai, credeai că trebuie să-ți urmezi drumul, chiar de te depărta de toate cele ce știam. Poate că regatul nostru și toate îndatoririle sale păreau doar poveri ce te trăgeau în jos, iar dânsa, fata cea tainică, devenea singura-ți fereastră către o lume în care te simțeai viu.

Dar, cu toate aceste gânduri ce mă bântuiau, o întrebare nu-mi da pace: de ai fi deschis ochii și ai fi văzut cât de mult am dorit să-ți fiu aproape, poate că nu ai fi ales să te izolezi. Poate că, în acele clipe de slăbiciune, ai fi aflat curajul să-ți arăți temerile cele mai adânci și să-mi îngădui a-ți fi sprijin, precum ți-am fost pururi. Însă depărtarea se adâncea cu fiecare pas pe care-l săvârșeai, iar eu rămâneam doar un martor neputincios al acestei schimbări tăcute, lipsit de puterea de a o curma.

Acea vinovăție mă ținea prizonier, mă făcea să mă simt neputincios în fața unei realități ce nu mai putea fi schimbată. Poate că, de aș fi aflat curajul să-ți grăiesc atunci când toate păreau încă tămăduibile, poate că nu am fi ajuns în acest prag al neîntoarcerii. Dar, în loc să-ți arăt că sunt aici, că îți sunt sprijin, m-am lăsat copleșit de tăcerea mea, lăsându-te să te pierzi în lumea ta, în visurile ce te îndepărtau de tot ce odinioară ne unea.

Și, chiar acum, în fața regatului ce părea să se destrame, în fața legăturii fraterne ce se prăbușea sub greutatea propriilor ei neajunsuri, mă simțeam cu adevărat părăsit. Regretul meu creștea, dar adevărata spaimă ce-mi înfricoșa sufletul era gândul că, poate, nu mai aflam nicio cale de a ajunge la tine. Că tot ce rămânea acum erau doar amintirile unei iubiri frățești și ale unei credințe ce păreau să se destrame cu fiecare pas ce te depărta de mine și de regat.

Dar, chiar și în mijlocul acestui haos, nu-mi puteam îngădui a renunța cu totul. Aveam trebuință de tine, ca frate, ca rege, iar în adâncul inimii mele încă nădăjduiam că într-o zi vei afla puterea să te întorci. Să privești ce am pierdut amândoi în această tăcere și să refacem ce s-a sfărâmat sub povara greșelilor noastre.

Între Loialitate și Regrete

„În clipa în care am îndrăznit să te avertizez despre iubirea ta nimicitoare, am înțeles cu amar că nu am puterea să-ți schimb destinul."

Arthur, privirea ta, odinioară plină de viziune şi de oţelnica putere, este acum cufundată într-un hău pe care nu-l pot pricepe. Fiecare ceas petrecut în preajma ta îmi adânceşte simţirea greutăţii schimbării ce te-a cuprins, a durerii ce pare să-ţi roadă sufletul precum o fiară nevăzută. Umbra în care te-ai preschimbat este oglindirea unei tragedii pe care nici unul dintre noi n-a ştiut ori n-a voit să o oprească.

Regatul, altădată plin de viaţă şi de îndemn, este acum un ţinut posomorât, asemenea unei păduri îngheţate în iarnă fără de sfârşit. Nobilii mă privesc, căutând tămăduire ori izbăvire, însă nu le pot oferi altceva decât o tăcere ce oglindeşte pe a ta. Oştenii, care-şi aflau odinioară vitejia în graiurile tale, stau acum în încremenire, măcinaţi de îndoială. Tot ce a fost clădit cu trudă şi jertfă pare să se prăvale, iar eu nu aflu în mine puterea de a sta împotriva acestei prăbuşiri.

Dar ceea ce mă doare mai cu anevoie, Arthur, nu este pierderea regatului, ci pierderea ta. Deşi încă te afli dinaintemi, deși răsuflarea-ți mai atinge aceste meleaguri, omul ce ai fost pare departe, înghițit de un vifor al suferinței ce te învăluie precum un giulgiu. Iar eu... eu nu mai aflu calea spre inima ta. Poate că acest drum nici nu mai există.

Arthur, aceste întrebări îmi bântuie gândurile, se rotesc în mintea mea asemenea unui vânt hain ce-mi biciuie sufletul fără de milă. Fiecare clipă de tăcere pe care am păstrat-o mă apasă acum ca o povară mult prea grea, iar fiecare cuvânt nerostit îmi răsună în urechi asemenea unei făgăduieli călcate.

De aș fi avut atunci curajul de a-ți grăi că îți sunt alături, de aș fi aruncat teama de a te răni cu sinceritatea mea, poate că am fi aflat împreună calea către mântuire — pentru tine, pentru mine și, poate, chiar pentru regat. Dar mi-am retras mâna atunci când trebuia să ți-o întind, mi-am înghițit graiurile atunci când trebuia să rostesc adevărul.

Acum, când ochii mei te privesc, nu văd doar pierderea ta, ci și pierderea mea. Fiecare clipă de șovăială, fiecare pas făcut înapoi când trebuia să pășesc spre tine, este o povară ce-mi apasă sufletul. Poate că aceste regrete nu vor schimba nimic, dar ele sunt tot ce mi-a rămas. Și totuși, în acest abis al tăcerii care ne desparte, o licărire de nădejde încă pâlpâie, firavă și neînfrântă, că poate, într-un chip ori altul, vei afla calea înapoi spre mine.

Arthur, mă întreb dacă această iubire care te-a mistuit a fost mai mult decât o chemare a inimii tale – poate că a fost calea ta de a scăpa de greutatea ce-ți apăsa sufletul. Poate că acea fecioară, cu zâmbetul ei tainic și făgăduiala unei lumi mai lesnicioase, ți-a fost nu doar o alinare, ci o evadare. Poate că te-ai agățat de ea nu doar pentru ce era, ci pentru ce însemna – un liman, o iluzie de slobozenie într-o viață pecetluită de datorii și năzuințele celorlalți.

Dar acum, când privesc rămășițele a ceea ce am fost, nu pot să nu mă întreb: în tăcerea ta de pe urmă, ți-ai aflat regretul? Această hotărâre, care ți-a mistuit zilele și te-a depărtat de toți cei ce te iubeau, a fost, în adâncul sufletului tău, o greșeală? Ai simțit vreodată că ai pierdut mai mult decât ai dobândit, că acest prinos dat dorinței tale a ars regatul, pe noi toți, lăsându-te cu mai multe goluri decât izbânzi?

Și, dacă ai simțit aceasta, te-a rănit căința? Sau, într-un chip tainic, ți-ai aflat pacea? O pace amară, dar vie, de a ști că ai iubit, chiar dacă acea iubire a năruit totul în calea ei.

Aceste cugete nu pot fi rostite, Arthur, nu acum, când tăcerea din această încăpere apasă mai greu decât toate vorbele nespuse între noi. Moartea, în solemna sa tăcere, stă între noi ca o hotar de netrecut. Iar eu, fratele tău, nu mai pot face altceva decât să privesc fără putere cum ultimele tale clipe te smulg pentru totdeauna din lumea aceasta.

Îmi rămâne doar ruga mută, o nădejde firavă că, măcar acum, la hotarul acestui drum întunecat, vei afla liniștea pe care noi, cei ce te-am iubit, nu am știut cum să ți-o dăruim. Mă rog ca sufletul tău, izbăvit de toate îndoielile și regretele, să-și afle, în sfârșit, slobozenia, eliberat de povara ce ai purtat-o în tăcere.

Nu-ți mai pot rosti cât de adâncă a fost rana distanței dintre noi, cât de zadarnice au fost încercările mele de a te înțelege și de a te aduce înapoi. Poate că, dincolo de această lume, acolo unde nici timpul, nici pătimirile nu mai au stăpânire, vei simți ceea ce glasul meu nu a izbutit să-ți mărturisească vreodată. Că ai fost, ești și vei rămâne fratele meu, în ciuda tăcerilor ce ne-au despărțit.

Aceste cugete mă bântuie, Arthur, precum o umbră ce refuză să se risipească. Am crezut, în naivitatea mea, că loialitatea înseamnă a te sprijini fără cârtire, a nu-ți cere socoteală, a nu-ți pune sub semnul îndoielii calea. Am nădăjduit că, rămânându-ți alături în tăcere, îți dau ceea ce îți trebuia. Dar acum mă întreb dacă nu cumva tocmai tăcerea mea a fost o altă trădare.

Poate că, într-o nepricepere amarnică de a-ți fi frate, am fost orb la chinul tău. Am lăsat această prăpastie să se adâncească, am privit cum acea copilă și năzuința ta nesăbuită pentru dânsa devin talerul în care ai pus întreaga-ți viață, în timp ce regatul, noi toți, am fost dați uitării, stinși sub umbra ta.

Poate că adevărata loialitate trebuia să fie mai mult. Poate că trebuia să te opresc, să te înfrunt, să-ți pun întrebările pe care nu ai vrut să le auzi. Dar n-am făcut-o. Și acum, stând în fața sfârșitului tău, mă întreb dacă iubirea mea nu a fost prea slabă, prea nehotărâtă, pentru a te izbăvi.

Arthur, gândul că ce-ți trebuia de la mine nu era doar sprijinul tăcut al unui frate, ci glasul care să te tragă înapoi din prăpastie, mă sfâșie. Ar fi trebuit să fiu oglinda care să-ți arate adevărul atunci când tu însuți nu-l mai puteai vedea. Dar eu am ales să mă retrag în umbră, am crezut că tăcerea mea este dovadă de loialitate, că respectul față de hotărârile tale era mai însemnat decât a pune la îndoială calea ce ți-ai ales.

Fost-am acolo, dar numai ca martor mut și lipsit de glas. Și poate că tocmai această tăcere nepurtătoare de rod, această lipsă de înfruntare, fu cea care te lăsă să te pierzi în voia alegerilor tale. Acum pricep, prea târziu, că adevărata credincioșie nu stă doar în a sta alături, ci în a te lupta pentru cel drag, chiar și împotriva lui însuși.

Iartă-mă, frate al meu, căci nu avusei tăria de a fi sprijinul ce cu adevărat îți trebuia.

Arthur, necontenit mă întreb ce s-ar fi putut preface altfel de-aș fi avut cutezanța să te opresc, să-ți grăiesc adevărul, să te smulg din visarea ce te îndepărta de tot ce era vrednic de cinste. Poate că, de-mi biruiam frica, de-mi puneam credința în slujba adevărului, am fi scăpat de această prăbușire. Dar nu o făcui. M-am temut că te voi pierde de-ți voi grăi înfruntarea, iar ironia amară e că te-am pierdut oricum.

Astăzi, acea credincioșie pe care o socoteam virtute îmi pare ca un zid de lașitate, o orbire voită în fața văditului. Și amara părere de rău ce mă străpunge nu-i doar pentru tine, ci și pentru mine, pentru ceasul în care alesei să-mi astup gura, deși glasul meu ar fi putut purta greutate. E greșeala ce-mi va fi tovarăș în toți anii ce mi-au mai rămas, un ecou al pierzaniei noastre.

Tăcerea mea, Arthur, nu fu dovadă de credincioșie, ci de slăbiciune. Crezui că tăcerea mea te va ocroti, că îți va da răgaz să afli singur răspunsurile. Dar adevărul este că mă temui. Mă temui să nu te pierd, să nu te îndepărtez și mai mult dacă te-aș fi înfruntat. Și în acea frică, fui orb la semnele limpezi ale prăpastiei ce se căsca între noi.

Ascunsu-m-am în nădejdea deșartă că însuși chipul meu de lângă tine ar putea alina greutățile ce te împovărau, fără a pricepe că tăcerea mea nu le ușura, ci le sporea. Fost-am de față, dar totodată lipsit, căci nu fui acel frate ce să-ți stea împotrivă, ce să te întrebe încotro te poartă calea aleasă.

Iar acum, acea tăcere lesnicioasă, ce o socoteam virtute, mă apasă precum o lespede grea. E povara mea, osânda alegerii de a nu te opri, de a nu-ți grăi că ce simțeam în piept nu era doar neliniște, ci frica unei pierzanii ce se apropia negreșit. Dar am tăcut, iar acea tăcere, ce nădăjduiam să-ți fie alinare, s-a prefăcut în complicitate.

Arthur, privind acum către tine, cu inima împovărată și graiurile ce le-am închis cândva, înțeleg cât de mare fu trădarea mea prin tăcerea ce am ales. Crezui că dragostea frățească înseamnă a-ți da slobozia de a-ți urma vrerea, dar slobozia ce ți-am îngăduit te-a lăsat pradă pierzării tale.

Nu ți-am spus atunci, dar grăiesc acum, când fiecare cuvânt poartă ecoul pocăinței: regatul nostru avea nevoie de tine. Nu doar de tăria ta, ci de prezența ta vie. Jurămintele ce le-ai făcut nu erau doar către tron, ci către fiecare suflet ce-și încredințase viața mâinilor regelui lor. Iar eu, cel ce trebuia să-ți aduc aminte de aceste legăminte, am ales să tac, să privesc cum datoria ta se îngroapă sub povara unei iubiri ce nu putea lua locul îndatoririlor tale.

Acum, mă întreb de ai știut vreodată cât de tare ne-am clătinat în lipsa ta. De ai priceput cât am pierdut, nu doar regatul, ci pe tine, fratele meu, cel ce altădată ne fu sprijin și putere. Regret că nu avusei îndrăzneala să-ți spun atunci ceea ce poate ar fi schimbat soarta. Dar acum, cu fiecare ceas ce se scurge, nu mai rămâne decât o tăcere grea de regrete și o povară ce-o voi purta până la capătul zilelor mele.

Arthur, îmi dau acum seama că tăcerea ce-am păstrat nu fu scut care să te ocrotească, ci o lamă ascunsă ce a tăiat tot ce am avut împreună. În râvna mea de a te sprijini, de a nu te împovăra cu mustrări sau adevăruri grele, fui vinovat aidoma ție. Am fost tovarășul tău, nu în iubirea ta către acea pruncă, ci în singurătatea ce te cuprinsese și în pierderea căii tale.

Ales-am să-mi închid ochii, să mă fac nevăzător la semne, să mă înșel cu nădejdea că toate se vor risipi de la sine. Poate, de-aș fi avut curajul să-ți grăiesc că-ți pierzi calea, că acea iubire ce te mistuia nu-ți prăpădea doar inima, ci și regatul, am fi avut vreo scăpare. Dar iată, acum, în această încăpere, înaintea agoniei tale de nebiruit, tot ce-mi stă-n putere este a mărturisi cât de amarnic am greșit.

Poate nu am voit să înfrunt adevărul, poate am socotit că-ți ofer vreme să te regăsești, dar timpul, iată, nu ne-a fost prielnic.

Tăcerea mea fu trădarea loialității, o hotărâre rătăcită ce ne-a adus în acest ceas. Și-acum, privindu-te, mă întreb de nu cumva povara ce-mi apasă sufletul este osânda mea pentru curajul ce nu l-am avut tocmai când îți era cel mai trebuincios.

Fost-a o alegere rătăcită, o hotărâre luată dintr-o dragoste nestrămutată și o loialitate ce nu s-a întrebat vreodată de-i bine sau rău. Crezui că-ți dau ce aveai nevoie, dar, în adevăr, ți-am dat doar nălucirea unei siguranțe ce te împingea mai adânc în singurătate. De fiecare dată când îți vedeam privirea rătăcită, dincolo de tăcerea ta, mă amăgeam cu gândul că va trece, că va veni o zi când te vei regăsi. Dar n-a fost așa. Și-acum, mă lupt cu o durere și mai grea, că n-am fost acel frate ce să te întrebe, ce să te îndemne să privești adevărul drept în față.

Fiecare hotărâre ce-am luat spre a-ți da tihnă s-a preschimbat într-o tăgăduire a adevărului, o tăcere ce-a adâncit prăpastia dintre noi. Prea mult m-am încrezut în ceea ce socoteam a fi calea cea mai bună de a-ți fi sprijin. Poate, de ți-aș fi grăit, de ți-aș fi arătat limpede ce vedeam în ochii tăi, ai fi avut vreo șansă. Dar acum, nu-mi rămâne decât a jeli că am ales să fiu doar martor, în loc să fiu adevărat ajutor pentru tine.

Această pasivitate fu greșeala mea cea mai mare. Crezui că iubirea înseamnă a cinsti tăcerea, a sta alături fără a forța nimic, dar în fapt, ce-ți trebuia nu fu prezența mea mută, ci un glas ce să-ți rostească adevărul, chiar de era amar de auzit. Mă înșelai crezând că tăcerea mea te va ocroti, că-ți voi da răgazul de a-ți afla singur calea. În loc să-ți fiu sprijin, ajuns-am complice la rătăcirea ta.

Știam prea bine că, pe măsură ce te cufundai în lumea-ți tainică, regatul nostru se prăbușea treptat. Dar nu aflai în mine puterea de a-ți arăta ce se petrece. Mă frământai atât de mult să-ți respect voia de a fi lăsat în pace, încât uitai să-ți spun ce trebuia grăit. Amarnic mă căiesc acum că nu am cutezat să intervin mai devreme, că nu ți-am arătat ce vedeam împrejurul tău, ce simțea regatul nostru, ce simțeam eu însumi. Poate, de-aș fi fost mai viteaz, de n-aș fi ales să fiu doar o umbră-n spatele tăcerii tale, am fi aflat vreo izbăvire din această cădere.

Acum, privindu-te, înaintea acestei pierderi neînduplecate, înțeleg cât de mult a lipsit iubirea mea, cât de puțin fu sprijinul meu tăcut. Poate că, dorind să te ocrotesc, ajuns-am parte din fuga ta. Ales-am să fiu tăcut, să-ți dau un refugiu, dar nu să te-nfrunt cu adevărul. Crezui că fac bine. Însă-n acea tăcere, în acea susținere fără întrebare, pierdui prilejul de a te ajuta cu adevărat. Tu, ce păreai de neclintit, te aflai tot mai slab, iar eu, eu rămăsei doar un martor tăcut la căderea ta.

De-aș fi fost mai deschis, mai curajos, poate că am fi putut schimba calea lucrurilor. Poate, de-aș fi știut cum să te îndemn, cum să-ți trezesc amintirea puterii ce odihnea întru tine, am fi putut opri această destrămare. Dar acum, tot ce-mi rămâne este a mă lupta cu propriile-mi regrete, cu adevărul că tăcerea mea a fost un tovarăș al durerii tale, iar loialitatea mea, oricât de nobilă în gând, te-a lăsat să te pierzi și mai adânc.

Această durere mă sfărâmă pe dinlăuntru, căci știu că am fost acolo, dar n-am fost îndeajuns. Am privit cum măreția ta, toată acea putere ce-ți era înscrisă în ființă, s-a topit într-o tăcere ce creștea precum umbra serii. Și eu, nepătruns de propriile-mi gânduri, am fost nevolnic a-ți grăi ce trebuia spus. Unde este regele ce nu se temea de nimic, cel ce se ridica pentru poporul său, cel ce-și călăuzea supușii cu mâna sigură și cu privirea neclintită? Era acesta omul ce-l adoram și-l preamăream, sau doar o umbră a ceea ce ar fi putut fi, prins în lațul propriilor slăbiciuni?

E greu a înțelege cum am ajuns aici, cum ai ajuns tu aici.

Eram atât de aproape de tine şi, totodată, atât de departe. Te-am privit cu toată admiraţia sufletului meu, dar am lăsat să treacă clipa în care trebuia să-ţi fiu cu adevărat sprijin. Mi-am plecat ochii de la semnele unei căderi ce se arăta tot mai limpede şi am crezut, nebuneşte, că iubirea mea va fi de ajuns. Dar acum mă întreb, cu o durere ce mă năruie, dacă această iubire n-a fost decât o tăcere vicleană, ce te-a condus spre un sfârşit pe care nu l-ai dorit nicicând.

Este o pierdere ce-mi sapă fiinţa, precum o rană ce nu se mai închide, căci simt cum o parte din mine se risipeşte cu fiecare pas pe care-l faci către uitare. Când te priveam, nu vedeam doar fratele meu, ci şi pe cel ce întruchipa tot ce era mai înalt în regatul nostru. Dar acum, această icoană se destramă înaintea mea, şi rămân cu amintirea unui ideal ce se stinge, ca o umbră ce piere la ceasul apusului. Ceea ce am fost odată pentru tine — acea prezenţă de nădejde şi de încredere — se simte acum ca o umbră a unui sprijin ce n-a fost niciodată de ajuns.

Ştiu că până acum n-am cutezat a te judeca, dar iată-mă acum, stând în faţa acestor ruine, silit să mă întreb unde am greşit. Poate că, atunci când aveai cea mai mare trebuinţă de mine, m-am ascuns după o loialitate mută, o loialitate ce nu te-a sprijinit, ci te-a lăsat să te prăbuşeşti mai adânc în această nenorocire. Am lăsat ca depărtarea dintre noi să crească neştiută, iar tăcerea să ne înconjoare precum o ceaţă grea, socotind, nebuneşte, că astfel voi păzi tot ce am zidit. Dar acum pricep că adevărata pază stă în a înfrunta primejdia, în a rosti adevărul, chiar de ar durea, şi nu în a lăsa ca lumea noastră să se destrame sub povara tăcerii.

Aceasta este, într-adevăr, o întrebare ce-mi sfâşie sufletul. Mă întreb şi eu, din ce în ce mai adesea, dacă n-am fost doar un trecător în propria noastră poveste. Poate că am dorit a-ţi fi alături, a-ți fi un sprijin, dar semnele mi-au scăpat, iar adevărul l-am ocolit. M-am amăgit cu gândul că tăcerea mea și prezența mea tăcută te vor aduce înapoi, că doar stând alături de tine vei regăsi calea. Dar acum, privind înapoi, văd limpede cum mi-am închis ochii la ceea ce era prea vădit, cum am ales a nu privi realitatea în față, și poate că aceasta a fost greșeala mea cea mai mare.

Am încercat să ocrotesc o închipuire idealizată despre tine și despre regatul nostru, fără să cuget că, prin această ocrotire fără glas, am fost părtaș la căderea amândurora. A fost o alegere de a rămâne pasiv, de a nu tulbura apele, dar, în fapt, am lăsat abisul tău să crească fără a te opri. Regret, acum, fiecare ceas în care am ales să tac, fiecare clipă în care am crezut că iubirea mea neclintită ar putea fi de ajuns pentru a te mântui.

Această greutate, acest „ce-ar fi fost dacă?" ce-mi apasă pieptul, este o povară ce nu piere, rămânând adânc întipărită în tot ce cuget și în tot ce respir. Regretele se amestecă cu amintirile, iar fiecare clipă de tăcere, fiecare ceas pierdut devine acum o amintire amară. Poate că, de fapt, loialitatea mea nu a fost altceva decât o supunere mută, o umbră a adevăratului sprijin. Am nădăjduit că prezența mea tăcută îți va dărui tăria de a înfrunta orice primejdie, dar acum înțeleg că sprijinul adevărat nu stă în liniște, ci în curajul de a spune adevărul, chiar de ar sfâșia.

Aș fi putut fi acel frate care să-ți arate calea când te abăteai de la drumul drept. Aș fi putut să-ți vorbesc despre ceea ce știam, să-ți aduc aminte de făgăduințele tale, nu doar față de mine, ci față de regat, față de poporul care își lega viața de tine. Dar am ales tăcerea, socotind că ea este o formă de sprijin. Am fost martorul ce și-a închis ochii în fața suferinței tale, iar acum, în fața acestei nenorociri, înțeleg că am fost părtaș la prăbușirea a tot ce am ridicat împreună.

Gândul că, poate, nici vorbele mele nu ar fi fost de ajuns să schimbe ceva îmi sfâșie sufletul. Am simțit adesea că, dacă ți-aș fi vorbit, nu ai fi fost pregătit să asculți. Poate că nici eu nu eram pregătit să rostesc acel adevăr amar ce ne apăsa pe amândoi. M-am văzut prins între dorința de a te salva și spaima că nimic din ceea ce aș fi spus nu te-ar fi smuls din labirintul durerii tale.

Poate că teama m-a făcut să tac, teama de a-ți spune că mă doare, că fără tine mă simt pierdut, că regatul nostru s-a rătăcit fără tăria ta adevărată. Am crezut că tăcerea ar putea fi un adăpost pentru noi amândoi, dar acum văd limpede că tăcerea n-a fost decât o formă de trădare. N-am știut cum să-ți arăt că, chiar și când totul părea pierdut, mai existau clipe în care direcția putea fi schimbată – dacă doar am fi avut curajul să privim realitatea drept în față.

Acum, tot ce îmi rămâne este acest gol neostoit în suflet, regretele ce mă macină fără cruțare, știind că am fost alături de tine, dar am pierdut tot ce conta cu adevărat, fără a-ți spune vreodată ce purtam cu adevărat în inimă. Pierderea aceasta este o rană ce nu se va închide, o durere mută, ce sfidează orice cuvânt ce ar încerca s-o aline. În fața plecării tale, simt că am pierdut nu doar un frate, ci și credința în ceea ce am ridicat împreună.

Am trăit sub iluzia că tu vei rămâne mereu acel chip al tăriei de nezdruncinat, acea flacără ce strălucea pentru noi toți, acea mână ce ne călăuzea prin cele mai grele ceasuri. Dar acum, când flacăra ta se stinge, mă întreb, cu o amărăciune pe care n-o pot stăvili: te-am înțeles vreodată cu adevărat? Am fost eu, cu adevărat, fratele tău, sau doar o umbră alături de tine, orb la suferința ta cea mai adâncă, la temerile și dorințele care te sfâșiau?

Privindu-te cum te stingi, începe să-mi fie limpede că poate nu te-am cunoscut niciodată pe deplin. Poate că între noi s-a așezat o povară de tăceri neînțelese, de visuri nespuse. Am crezut că te văd, dar acum realizez că imaginea ce-o aveam despre tine nu era decât un portret al măreției ideale: un rege ce-și purta regatul cu mândrie, fără slăbiciuni, fără temeri. Dar, în fața morții tale, în fața sfârșitului ce nu mai poate fi amânat, văd doar un om frânt, un frate ce și-a ales calea, una pe care eu n-am știut cum să-l urmez.

Și pierderea aceasta se adâncește nu doar în tine, ci și în mine. Simt cum ruinele tale devin și ruinele mele, cum plecarea ta îmi lasă sufletul gol, lipsit de ancoră, fără răspunsuri și fără alinare. Te-ai dus, iar odată cu tine se duce și o parte din mine, pierdută pentru totdeauna în acest hău al regretei și neîmplinirii.

Ultimele speranțe

„În tăcerea ta de nezdruncinat, am acceptat cu durere că
nu mai am nici o stăpânire asupra alegerilor tale, ci doar
rolul de martor al autodistrugerii tale."

Privindu-te acum, în această stare în care timpul pare
să fi înghețat, înțeleg cu o claritate dureroasă că nu
doar regatul nostru s-a clătinat sub povara iubirii tale
ascunse, ci și legătura noastră, legătura dintre doi frați care ar
fi trebuit să fie de neclintit. Tu, Arthur, regele meu și fratele
meu, ai fost prins în mrejele unei iubiri care te-a consumat din
interior, o dragoste pe care ai ales să o porți în tăcere, lăsând-o
să te îndepărteze de tot ceea ce ar fi trebuit să protejezi.

De fiecare dată când am încercat să te abordez, să-ți spun că
drumul pe care pășeai era unul al rătăcirii, cuvintele mele s-au
lovit de o tăcere rece, de o privire care mă trecea cu vederea.
Simțeam cum distanța dintre noi se adâncește, cum te pierzi
într-o lume pe care eu nu mai aveam acces. Și, în timp ce tu te
retrăgeai tot mai mult în acel colț al sufletului tău, eu rămâneam
în urmă, neputincios și tăcut, urmărind cum ceea ce odată era
de neclintit se destramă sub ochii mei.

Fiecare zi aducea cu sine o nouă tăcere, mai grea decât cea

dinainte, o tăcere care părea să învăluie întregul regat, lăsând loc doar pentru şoaptele neliniştei şi ale deznădejdii. Şi fiecare zi mă făcea să realizez că ceea ce se întâmpla nu era doar lupta unui rege cu inima sa, ci o tragedie care pătrundea până în cele mai adânci rădăcini ale noastre. Mă întrebam, cu o speranţă tot mai slabă, dacă aveam vreodată să pot ajunge la tine, dacă aveam să pot sparge zidul ce se ridicase între noi şi să-ţi spun adevărul pe care nici măcar eu nu-l puteam rosti cu uşurinţă: că nu doar tu erai în pericol, ci şi visul nostru comun, şi tot ce juraseşi să protejezi.

Ochii tăi, Arthur... Acei ochi care odinioară străluceau cu forţa unui rege, cu hotărârea unui bărbat ce îşi cunoştea locul în lume, acum erau stinşi. Privirea ta mă trecea cu vederea, dar în adâncul lor zăream ceva ce nu înţelegeam pe deplin: o durere mută, o povară pe care ai ales să o porţi singur. Şi acolo, în faţa acelei priviri pierdute, m-am simţit mai izolat decât oricând. Fiecare cuvânt pe care l-am rostit, fiecare încercare de a sparge zidurile, s-a pierdut în acel gol vast care devenise tot mai mare între noi.

Arthur, dacă aş fi ştiut atunci ce ştiu acum... Dacă aş fi avut puterea să strig, să te forţez să mă asculţi, poate că lucrurile ar fi fost altfel. Dar tăcerea mea a fost la fel de vinovată ca şi a ta, iar acum, când mă aflu aici, lângă tine, tot ce pot să fac este să privesc în urmă cu amărăciune, întrebandu-mă unde a început totul să se destrame.

Arthur... preabunule, te rog, să înţelegi că ceea ce săvârşeşti acum nu doar că te prăvaleşte pe tine întru pierzanie, ci vatăma întreaga noastră lume. Tu eşti cârmaciul nostru. Fiece hotărâre ce o iei loveşte viitorul nostru, al tuturor. Iar acum, mai vârtos ca niciodată, ai trebuinţă de limpezire, de tăria ce te-au făcut vrednic a fi povăţuitor.

Făcui un pas înainte, dar tu rămâneai tăcut, pierdut în gândurile tale. Durerea și amărăciunea ce ți se zugrăveau pe chip erau vădite, însă păreau a fi lanțuri ce te țineau ferecat. Mult dorii să înțeleg ce duh te ține rob într-acest adânc al tăcerii, însă răspunsuri nu aveam. Știam doar că, de nu cutezam acum a grăi, de nu te făceam a pricepe, puteam pierde tot ce-am dobândit.

Cuvintele tale m-au lovit drept în inimă cu o greutate ce nu o bănuiam. Era o mărturisire atât de adâncă, de tainică, încât mi se păru că însăși bolțile palatului s-ar fi clătinat la auzul lor. Privindu-te acum, cu acel zâmbet amar ce părea a purta povara unui destin risipit, simții cum între noi se căsca o prăpastie de netrecut.

„Arthur..." grăii eu, dar glasul îmi tremura. Cum să-ți răspund, când te simțeam tot mai depărtat? „Nu voiesc să-ți răpesc iubirea, nici să-ți cer să lepăzi ce-ți e pe plac. Dar tărâmul nostru are trebuință de tine. Noi, cei ce-ți suntem supuși, avem trebuință de tine. Nu poți lepăda tot ce ai clădit, nu poți lăsa o lume întreagă pradă nimicirii doar pentru o iubire ce nu-ți poate dărui ce ți-am dăruit eu, ce-ți dă poporul tău."

Tu plecași capul încet, parcă cuprins de greutatea suferinței tale. „Știu că sunt iubit, știu că întru inima mea port dorința a fi acela ce ai fost tu pentru mine... dar nu mai pot. Poate că fui cândva acel rege puternic, poate că fui acel frate ce ți-a adus nădejde, dar nu mai sunt. Am ostoit, și poate că regatul, tot ce am cunoscut, e de-acum pierdut."

Simții ca și cum fiece cuvânt ce-l grăiai era o spadă ce-mi despica pieptul. Te privii și, deși mă trudii cu toate puterile să te scot din această prăpastie, simții cum tot ce-mi era drag se destrăma sub ochii mei. „Te rog, nu te prăbuși cu totul întru această iubire. Încă ai un drum, încă putem salva ce-i frumos aici, în juru-ne."

Dar știam bine că vorbele mele erau doar o umbră a unui adevăr mai aspru, ce se ascundea între noi și ce, poate, nu mai putea fi schimbat.

Te privesc întru acele clipe, și simțeam cum întreaga-mi fire se frângea sub povara durerii. Niciun cuvânt nu putea pătrunde întru locul unde te pierdusei, unde inima ți-a fost zdrobită de alegeri ce nu mai puteau fi tăgăduite. Prăpastia dintre noi nu mai putea fi măsurată prin vorbe. Căutai să-ți spun ce simt, să te întorc la lumină, dar întru acei ochi adânci, întru acea tăcere ce te cuprinsese, știam că nu mai era calea de-ntoarcere.

„Poate că regatul nu-ți mai însemnează nimic," grăii încet, cu glasul frânt de amar. „Dar eu nu știu cum să viețuiesc fără fratele meu, fără regele meu. Când tu te vei pierde, voi fi și eu pierdut. Tu ești tot ce mi-a mai rămas."

Îmi aduc aminte cum simții atunci, într-aceea clipită a deșertăciunii, cum tot ce cunoscusem se destrăma înaintea ochilor mei. Părea că tot ce clădirăm împreună nu fusese decât o nălucire, o iluzie purtată de dorința unui viitor ce nu mai era. În fața acestui sfârșit neînduplecat, nu-mi rămase decât tăcerea și regretele ce mă covârșeau.

„Și eu te iubesc, frate," murmurasi atunci, iar acele cuvinte, deși pieritoare în văzduh, îmi sfâșiau sufletul mai tare decât orice osândă ori învinovățire. „Dar poate că iubirea mea nu mai poate tămădui nimic. Poate că pentru mine nu mai este calea de-ntoarcere."

Și atunci simții că pierdui nu doar un frate, ci și însuși rostul unui drum ce ar fi putut fi cruțat. Tot ce rămânea era o tăcere apăsătoare, ce ne despărțea și ne trăgea în prăpastia unei iubiri neîmplinite și a unei chemări zadarnice.

În acele clipe, simții cum toate vorbele mele se risipiră în vânt, precum niște ecouri stinse ce nu-și găseau niciodată ținta. Deși ți-am grăit cu toată inima, cu întreaga dorință de a te scula din acea amorțire, păream a fi doar o umbră ce grăia în van, o prezență ce era privită cu nepăsare. Depărtarea dintre noi nu era doar a trupului, ci a sufletului, o prăpastie adâncă ce o zidiserăm împreună, fără de voie.

„Nu pricepi!" rosti-i eu, cu glasul aproape rugător, dar știam că nu mai aveai puterea să mă auzi. „Această iubire ce o păstrezi în întuneric nu face decât să ne mistuie pe amândoi. Tu te pierzi, iar noi toți vom pătimi din pricina aceasta. Umblu sub umbra alegerilor tale și văd cum tărâmul nostru se sfărâmă încet, fără nici măcar o nădejde de izbăvire."

Dar tu nu te mișcași, nu ridicași niciun deget, nu grăiai nici măcar un cuvânt. Era ca și cum glasul meu ajungea la tine, dar nu pătrundea în locul unde ar fi trebuit. Tăcerea ta era mai grea decât orice vorbă, mai puternică decât toate cuvintele ce le-am rostit.

„Poate că nu voi putea schimba nimic," adăugai, cu glas istovit de trudă și amar. „Dar nu pot ședea deoparte, să privesc cum te sfărâmi pe tine însuți și cum regatul nostru piere sub privirile noastre. Nu pot zăbovi în fața acestui abis și să cred că voi fi martorul sfârșitului nostru, fără să încerc, măcar, să te trag înapoi."

Dar, în tăcerea ce mă înfășura precum o plasă nevăzută, simții că toate graiurile mele erau zadarnice. Tu erai deja pierdut, iar mie nu-mi rămânea decât durerea unei lupte ce nu mai putea fi câștigată.

„Arthur, te rog, nu lăsa iubirea aceasta să te mistuie!" grăii, cu o deznădejde crescândă în fiecare cuvânt rostit. „Tărâmul nostru nu va putea dăinui dacă tu te prăbușești în acest hău al iluziilor. Ce va rămâne din noi dacă alegi să te afunzi în această nălucire? O lume întreagă atârnă de tine, de puterea ta de a înfrunta adevărul!"

Dar tu nu răspunseși. Privirea-ți era pustie, ca două adâncuri fără fund, în care toate vorbele mele se prăbușeau fără ecou. O tăcere grea ca plumbul se așternu între noi, și fiecare clipită ce trecea îmi dădea simțământul că întreaga noastră lume se destrăma înaintea ochilor mei, iar eu eram neputincios să o opresc.

„Aș vrea să-ți pot arăta cât de mult te roade această tăcere, cât de mult te sfârâmă," rosti-i, cu glasul tremurând. „Dar tu nu vrei să vezi, nu vrei să înfrunți ceea ce este adevărat. Și regatul nostru... va plăti prețul acestei neînduplecări."

Privindu-te, simții cum toate cuvintele mele se pierdeau într-un hău al nepăsării. Păream să fi ajuns doi străini, fiecare prizonier în durerea și iluziile sale. Regatul, legătura noastră, tot ce fuseserăm cândva, părea să se surpe cu fiecare bătaie tot mai firavă a inimii tale.

„Arthur, tu ai fost regele nostru, stâlpul ce ne-a ținut împreună, dar acum... nu mai ești decât umbra unui bărbat care și-a uitat propria chemare," rosti-i cu glasul încărcat de o greutate ce părea să-mi strivească sufletul.

Te priveam, căutând în ochii tăi scânteia aceea de altădată, dar găseam doar întunericul unui suflet rănit. „Știu că ești rănit, Arthur," continuai, vocea mea tremurând ca frunza bătută de vânt. „Dar regatul nostru nu poate supraviețui dacă tu alegi să îți dai viața pentru o iubire care te mistuie. Te văd cum te stingi înaintea mea, și, deși mi-aș da și ultima suflare să te salvez, nu știu cum să te aduc înapoi. Nu pot să cred că această iubire este mai presus decât tot ce am clădit împreună, decât tot ce ai fost pentru noi, pentru poporul nostru. Tu erai lumina ce ne ghida prin ceață, iar acum acea lumină a dispărut."

Mă apropiam de tine, încercând să pătrund prin zidurile tăcerii tale, să îți ajung la inimă, să-ți arăt cât de adânc te pierzi. Dar distanța dintre noi părea o prăpastie tot mai largă. Vorbele mele cădeau în gol, de parcă tu erai prizonier într-o lume închisă, o lume unde regatul nostru și tot ce am clădit nu mai contau.

„Nu înțelegi ce înseamnă să fii rege, Arthur," am spus cu amărăciunea crescândă în glas. „Regatul nu poate trăi în umbra unei iubiri ascunse. Știu că te doare, dar nu putem jertfi totul pentru o iluzie. Nu așa îți împlinești datoria. Nu așa salvezi ceea ce contează cu adevărat. Poporul tău are nevoie de tine, fratele meu, nu de un bărbat consumat de o iubire ce-l distruge pe dinăuntru."

Dar tăcerea ta rămânea neclintită, grea ca piatra mormântului. Cuvintele mele păreau să se zdrobească înainte de a ajunge la tine. Nu mai era nimic ce aș fi putut spune. Nu mai era nimic ce aș fi putut face.

Te priveam, încercând să înțeleg cum ajunsese un rege atât de puternic, un frate atât de iubit, să fie acum doar un străin în fața mea. Și, privind această tăcere, am înțeles adevărul crud: regatul nostru nu se va prăbuși din cauza unei săbii străine, ci din cauza unei lupte purtate în inima ta. O alegere făcută în taină, una care, chiar și acum, refuzai să recunoști. Alegerea de a te lăsa pe tine însuți să te pierzi.

„Arthur..." am rostit din nou, vocea mea acum un șir de șoapte sfărâmate. Nu mai eram sigur dacă mă adresez fratelui meu sau doar unei umbre a celui ce fusese odată regele nostru. „Am crezut că ești mai mult decât atât. Că vei înfrunta orice încercare cu fruntea sus, că dragostea ta pentru noi și pentru regat ar putea birui orice. Dar acum... acum tot ce văd este o umbră."

Vorbele mi se opreau în gât, iar tăcerea dintre noi se întindea ca o rană deschisă. Stând acolo, în fața ta, simțeam cum povara neputinței mă apasă, făcându-mă să mă simt mic și slab, ca și cum toate încercările mele fuseseră în zadar. Știam, undeva în adâncul sufletului meu, că nu mai era nimic de făcut. Dar refuzam să accept. Refuzam să cred că te pierdusem pe tine, pe fratele meu, pe regele nostru.

Te priveam cu ochii tulburi, căutând ceva – o scânteie, un semn, orice – dar tu păreai pierdut într-o lume pe care nu o puteam înțelege. O lume în care regatul, poporul nostru, ba chiar și eu, nu mai aveam loc. Era ca și cum toată iubirea și toată puterea ta fuseseră absorbite de acea dorință tăcută, devastatoare, care acum te mistuia.

„Arthur…" am murmurat din nou, dar de această dată, glasul meu tremura sub povara disperării. „Te-am lăsat să te pierzi. Te-am lăsat să crezi că iubirea aceasta te va mântui, dar nu vezi? Nu vezi că te consumă? Nu vezi că regatul nostru sângerează, că cei care te iubesc se destramă odată cu tine?"

Pentru o clipă, am crezut că vorbele mele au pătruns prin zidul rece al tăcerii tale. Privirea ta s-a ridicat spre mine, dar în ochii tăi nu mai era nimic din regele pe care îl cunoșteam. Era doar o adâncitură a durerii, un gol imens al regretului ce părea de nepătruns.

„Nu mai pot, frate," ai șoptit, iar vocea ta era atât de slabă încât aproape că n-am auzit-o. „Nu mai pot să fiu ceea ce am fost. Nu știu dacă mai pot să fiu… nimic."

Aceste cuvinte au lovit ca o lamă rece, despărțindu-mi sufletul în două. Nu știam ce să-ți spun, cum să te trag înapoi, cum să te fac să înțelegi că nu trebuie să alegi între iubirea ta și regatul nostru. Simțeam cum lumea din jurul meu se prăbușește, fiecare piatră, fiecare vis, tot ce clădiserăm împreună se năruia sub povara acelei tăceri.

Dar mai presus de toate, simțeam durerea ta, care îmi devenise și mie povară. Și în fața acelei dureri, nu mai aveam decât tăcerea mea. Una care, deși amară, era singura care își găsea locul între noi, în acel moment ce părea să nu mai aibă sfârșit.

„Arthur," am spus din nou, cu glasul abia stăpânit, simțind cum fiecare cuvânt îmi ardea gâtul. „Nu trebuie să te pierzi. Nu trebuie să alegi între ceea ce simți și ceea ce trebuie să faci. Dragostea pe care o porți în suflet nu ar trebui să fie o povară. Te rog, nu te lăsa distrus de focul acesta care te mistuie. Ești mai mult decât atât... mai mult decât o umbră a celui ce ai fost. Regatul, noi toți, cei care te iubim, avem nevoie de tine, nu doar ca rege, ci ca om."

Tu, însă, ai ridicat privirea într-un final, dar privirea ta era departe, ca și cum vorbele mele rămâneau suspendate între noi, fără să te atingă. „Poate că regatul nu mai are nevoie de un rege ca mine," ai spus, iar zâmbetul tău trist mi-a sfâșiat sufletul. Nu mai era nimic în el din hotărârea de altădată. „Poate că nu mai sunt ceea ce ai crezut că sunt, ceea ce ați avut nevoie să fiu."

Atunci, adevărul m-a izbit cu toată forța. Nu era vorba doar despre o dragoste care te-a măcinat, despre o femeie care îți răvășise inima. Era vorba despre tine, despre o luptă pe care o purtai în tăcere, o luptă care îți înghițea fiecare licărire de speranță, fiecare fir de putere. Te pierdeai într-un hău al îndoielii, iar eu, fratele tău, rămâneam neputincios în fața acestui abis.

Privirea ta s-a îndepărtat de a mea, ca și cum voiai să te ascunzi de judecata mea sau poate de propria-ți reflecție în ochii mei. Am văzut cum chipul tău, altădată puternic, era acum schimonosit de durere, dar în același timp, o liniște stranie părea să te cuprindă. Era liniștea celui care renunță, care acceptă că nu mai poate purta lupta.

„Nu mai știu dacă mai pot fi cine am fost," ai rostit, iar vocea ta era slabă, ca un ecou care se stinge înainte de a fi auzit. „Am căzut prea adânc în asta… în mine însumi. Nu mai știu cum să mă ridic. Oricât de mult aș vrea, oricât de mult mi-aș dori să fiu acel rege, acel bărbat, simt că nu mai pot."

Aceste cuvinte mi-au sfâșiat sufletul. Nu erau doar cuvintele unui bărbat înfrânt de iubire, ci ale unuia învins de propriile îndoieli, de povara unei identități pe care nu o mai recunoștea. Regatul, familia, poporul… toate păreau să fi devenit simple umbre în fața unei alegeri care, de fapt, nu mai era o alegere. Era o predare în fața unui destin pe care nu știa cum să-l schimbe.

Te-am privit, încercând să găsesc o cale să te aduc înapoi, dar m-am simțit pierdut, la fel ca tine. Și atunci, am înțeles cu adevărat: nu puteam să te salvez. Nu dacă tu nu mai voiai să fii salvat.

„Arthur," am continuat, cu un glas mai stins, ca o flacără pe cale să se stingă. „Nu poți să lași totul să se destrame. Nu doar regatul, ci și ceea ce ai construit în noi, cei care te-am urmat. Ai fost mai mult decât un rege, ai fost inima acestui ținut. Și inima nu are voie să cedeze."

Dar privirea ta era acum pierdută, un orizont gol, în care orice lumină fusese înghițită. Ochii tăi priveau dincolo de mine, dincolo de cuvintele mele, poate dincolo chiar de suferința ta. În tăcerea aceea apăsătoare, am înțeles un adevăr care mi-a străpuns sufletul: nu mai luptai pentru noi. Lupta devenise una cu tine însuți, și nu voiai să câștigi.

„Nu trebuie să-ți lași demonii să învingă," am spus, dar era mai mult o rugăciune, o chemare către o parte a ta care poate mai exista undeva, adânc ascunsă. „Regatul are nevoie de tine.

Eu am nevoie de tine. Frate, nu mă lăsa singur în fața acestei prăpăstii."

Ai tresărit puțin, dar numai atât, ca o frunză bătută de vânt, fără direcție. „Nu e despre tine, frate," ai spus în cele din urmă, iar glasul tău era atât de slab, încât aproape că nu te-am auzit. „Nici despre regat. E ceva ce nu poți înțelege, pentru că nu ai simțit ceea ce simt eu. Nu știi ce înseamnă să fii sfâșiat între cine trebuie să fii și cine ești cu adevărat."

Cuvintele tale m-au lovit ca un pumnal, iar sângele lor s-a scurs în tăcerea dintre noi. Îmi doream să strig, să-ți spun că știam ce înseamnă să lupți cu tine însuți, dar am tăcut. Acolo, în fața ta, am simțit că lupta mea nu conta. Era doar a ta. Și te pierdusei deja.

„Arthur," am rostit din nou, pentru ultima oară, dar vocea mea era acum doar un ecou al unei speranțe stinse. „Dacă nu te poți ridica pentru tine, fă-o pentru noi. Fă-o pentru regatul tău."

Dar tu nu ai mai răspuns. Chipul tău, odată simbol al puterii și hotărârii, era acum o mască a resemnării. În acea liniște care ne despărțea, am simțit cum legătura dintre noi începea să se destrame. Arthur al meu nu mai era. Arthur al nostru nu mai era. Ce rămăsese în fața mea era doar o umbră, un om care alesese să se scufunde în propria durere.

M-am retras un pas, privindu-te pentru ultima oară. Știam că te pierdusem, iar cu tine, regatul nostru. Un vid rece s-a așezat în sufletul meu, umplând locul în care fusese cândva speranța. Și atunci, mi-am jurat ceva: dacă tu nu vei mai lupta, o voi face eu. Pentru tine. Pentru regat. Pentru tot ce am pierdut.

Aș fi voit să-ți fiu sprijin, să aflu acea fărâmă de lumină ce s-ar mai fi cuibărit în sufletul tău, pribeag și rătăcit, dar tot ce simțeam era întunecimea ce părea a mă înghiți, precum te învăluia și pe tine. Vorbele-mi nu erau decât ecouri pieritoare în golul deznădejdii, iar fiecare tăcere a ta se înălța ca un zid neclintit între noi. Voiam a te urma, dar tu păreai a te cufunda tot mai adânc, dincolo de orice sprijin, dincolo de cuprinderea înțelegerii mele asupra iubirii și pierzaniei.

Înaintea ta, eram strivit de neputință, ca și cum întreaga ta fire, cea pe care o prețuiam odinioară, se destrăma fără leac ori întoarcere. Întristarea mea era una dublă: aceea de a te privi pierzându-te și de a nu putea fi alături de tine precum fusesem odinioară. Am dorit a zdrobi acea vălitoare de suferință, să-ți arăt că încă sunt aici, neclintit, că nu te las pradă umbrelor, dar graiurile mele păreau deșarte și lipsite de putere.

„Frate al meu... te implor...", am rostit cu glas pierdut, dar ceea ce mi s-a întors a fost numai tăcerea, o tăcere grea, care mă sugruma.

Simțeam cum vorbele mi se opreau în străfundurile pieptului, cum toată amărăciunea și desnădejdea se adunau într-un ungher nevăzut, iar eu rămâneam simplu martor al neputinței mele. Te priveam, dar chipul tău îmi era străin. Căci bărbatul ce ședea înaintea mea, cu privirea pierdută, nu mai era fratele meu, nu mai era regele ce-l respectam. Era doar o umbră a omului ce-l iubisem, pierdut într-o durere pe care nici sufletul meu, oricât de adânc, n-o putea cuprinde ori pricepe pe de-a întregul.

„Arthur..." grăiam iarăși, dar vorbele-mi răsunau asemenea unei bătăi neputincioase la o ușă încuiată. „Te implor, nu te prăpădi. Regatul are trebuință de tine, noi toți avem trebuință de tine."

Dar el rămânea acolo, neclintit și mut, iar orice încercare a mea de a-l ajunge, de a-l străbate prin grai, nu făcea decât să-l împingă și mai departe. Între noi părea a se ridica o mare a tăcerii, adâncă și aspră, care mă cuprindea în ghețurile sale, lăsându-mă rătăcit și la fel de pierdut precum era el.

Jalea mea era mai adâncă decât puterea cuvintelor ar fi putut vreodată să o cuprindă. Era o pierdere mută, asemenea unui șir nesfârșit de crăpături în inima mea, fiecare clipită în care te vedeam scufundându-te, fiecare ceas în care nu mai erai omul ce-l respectasem și iubisem. Ți se dăruise o coroană, un soroc de împlinit, dar acum, totul părea a se prăvăli împrejurul tău, iar eu, fratele tău, rămâneam neputincios.

„Te-am pierdut, Arthur…" am rostit cu glas stins, simțind cum acele graiuri mă sfărâmau și pe mine. „Te-am pierdut mai înainte de a înțelege ce te-a cuprins, mai înainte de a pricepe că poate niciodată nu ai fost cu adevărat gata să porți greutatea ce ți s-a dat."

Căci nu era doar vorba de iubirea ta tăinuită, de alegerea ce te-a înstrăinat, ci și de povara regatului, care îți cerea mai mult decât puteai tu da. Iar eu, martor al prăbușirii tale, nu aflam nimic mai cumplit decât a te vedea cum te destrami singur, alegând tăcerea, retrăgându-te, lăsându-mă neputincios să asist la propria-ți cădere.

Durerea mă cotropea tot mai adânc, dar a pleca îmi era cu neputință. Cum aș fi putut să mă retrag dinaintea unui frate care, în ciuda pătimirilor sale, era încă acolo, deși doar ca o umbră a celui ce fusese odată? „Voi rămânea aici, chiar și când nu-ți voi putea lumina calea. Voi veghea, când vei avea trebuință de mine… chiar de va trebui să aștept o veșnicie," adăugai, dar graiurile păreau deșarte, lipsite de puterea de a ajunge la tine.

În acele ceasuri, simțeam cum vremea curge între noi asemenea unui fluviu tăcut ce ne despărțea tot mai mult. Tu, prizonier al propriei tale dureri; eu, legat de tine printr-o credință ce

nu o puteam părăsi, dar neînstare să te izbăvesc din ceea ce
deveniseşi. Înaintea acelei prăpăstii necuprinse, înţelegeam că,
în ciuda iubirii ce ne lega, fiecare dintre noi avea să-şi poarte
sfârşitul, de unul singur.

Acea descoperire fu asemenea unei lovituri de fulger, o
înfruntare a unei realităţi amare şi necruţătoare. Am priceput
atunci că tu, regele meu, nu mai erai acelaşi. Dragostea ta
ascunsă te schimbase în chipuri pe care mintea mea nu le putea
cuprinde, iar în faţa acestei prefaceri, tot ce mai rămânea între
noi era ecoul trecutului, un fior stins al unui legământ ce se
destrăma. Nu mai aveam puterea să te fac să vezi ce anume se
pierdea — nu doar regatul, ci şi propria-ţi fiinţă.

„Arthur, nu-ţi aparţii doar ţie," grăii, dar în graiul meu se
ascundea o disperare fără nădejde. „Regatul nostru atârnă
de tine, dar nu doar el. Noi, cei care ţi-am jurat credinţă, ne
sprijinim pe tine."

Dar nu mă auzeai. Sau, poate, nu voiai să mă auzi. Fiece pas
pe care-l făceai către acea dragoste oprită te îndepărta tot mai
mult de ceea ce ai fost. Eu, cel ce-ţi fusesem sprijin când toţi te
părăseau, mă simţeam acum precum un străin, doar un martor
al destrămării ce nu mai putea fi oprită.

Te priveam atunci, cu inima grea, ştiind că nu mai erau vorbe
sau fapte care să te cheme înapoi la ceea ce ai fost odinioară.
Regatul meu, regatul nostru, rămânea doar un vis pierdut, iar
tu te scufundai într-o umbră a unei iubiri ce te mistuia lăuntric.

O întrebare mă bântuia neîncetat, şoptindu-mi în taină şi
necăjindu-mi sufletul: „Ce-ar fi fost dacă ea nu ar fi venit?"
Această întrebare îşi aflase culcuş în fiece gând al meu, aseme-
nea unui ecou al unei iubiri şi al unei credinţe pierdute. Poate,
dacă aş fi avut curajul să mă ridic împotriva tăcerii şi să-ţi
spun adevărul mai dinainte, poate că m-ai fi auzit, poate că ai

fi înțeles. Dar acum, toate acestea nu mai erau decât vedenii. Vremea se pierduse, iar eu mă aflam într-un loc fără întoarcere.

Eram martorul unei pierderi ce nu putea fi oprită, iar întru tot amarul, trebuia să îmbrățișez această cruntă realitate. Nu mai era loc pentru păreri de rău ori pentru gânduri de „ce-ar fi fost". Tu ți-ai ales calea, iar eu rămân cu umbra unei legături ce se stinge încet, cu întrebările ce nu-și vor afla niciodată răspunsul.

Te priveam și simțeam cum o parte din ființa mea se mistuia, în timp ce tot ce-mi rămânea erau umbrele unor vremi de demult, când regatul nostru însemna totul, iar tu, Arthur, erai regele ce ne lumina calea. Acum, erai doar o umbră a ceea ce fuseseși odinioară, iar eu nu aveam decât privirea mea, rătăcită într-un abis nesfârșit.

În fața acestei umbre, a ceea ce noi am fost cândva, mă copleșea o tristețe adâncă, asemenea unui întuneric ce-mi cuprindea sufletul. Simțeam cum o parte din mine se stinge cu fiece pas pe care-l făceai întru propria prăpastie. Îți urmăream zbuciumul din depărtare, știind bine că, oricât de mult aș fi dorit, nu aveam putința de a te mântui. Durerea nu mai era doar a mea; era și a ta, o durere tăcută ce ne împingea dincolo de orice cuvinte, dincolo de orice nădejde.

Și totuși, chiar în adâncul acestei pierderi, am stăruit să te iubesc. Poate că dragostea mea era prea mare pentru a pricepe că nu mai era nimic de făcut, că drumul tău fusese deja ales. Dar nu puteam să mă leapăd de tine. Poate că, în ceasul de pe urmă, nu am avut altceva decât credința mea, o credință ce mă osândea să te privesc cum te pierzi, fără să pot face altceva decât să fiu un martor nevolnic.

Te iubeam, dar te pierzusei, iar eu rămâneam cu inima zdrobită, legată de un frate ce nu mai era același om pe care-l cunoscusem.

Fiecare clipă în care te vedeam cum te scufunzi în propria-ți suferință mă sfărâma, iar cu fiecare tăcere dintre noi, mă simțeam tot mai singur, tot mai neputincios. Știam că trebuia să fiu mai mult decât un martor; trebuia să aflu cuvintele care să te trezească, să-ți arăt că nu erai singur în această luptă. Dar tu, Arthur, erai prins într-un cerc al pieirii, o mreajă ce nu-ți mai îngăduia scăparea. Dragostea ta se preschimbase într-o povară grea, iar eu mă simțeam ca un privitor al unei tragedii fără sfârșit.

Am vrut să-ți grăiesc, să-ți mărturisesc că dragostea ta n-ar fi trebuit să te surpe, că regatul, dimpreună cu toți aceia care te prețuiau, aveau trebuință de tine. Dar, în același ceas, te pricepeam într-un chip ce-mi era anevoie a-l pune în cuvinte. Poate că, într-un ungher tainic al sufletului meu, și eu mă prăvăleam în abisul dorinței de a te mântui. Poate că m-am lăsat și eu rob al propriilor mele tânguiri și temeri, neînțelegând că, uneori, izbăvirea se naște nu din afară, ci din puterea de a alege pe calea cea dreaptă.

Aceste întrebări mă bântuiau, asemenea unor ecouri ce izbeau pereții inimii mele, dar pricepeam că răspunsurile îmi erau ascunse. Poate că nu le puteam găsi, căci adevărul era o povară prea grea, o rană ce nu putea fi oblojită. Pătimeam că am zăbovit prea mult, că n-am cutezat să ridic glasul cu mai mare hotărâre atunci când încă mai aveam sorți de izbândă să-ți arăt ce primejdii te pândesc. Mă simțeam asemenea unui înfrânt, unui privitor nevolnic al unei pierderi de neocolit, deși în adâncul meu știam că purtam și eu parte din osânda acestei căderi.

Și totuși, eram legat de tine, frate al meu, prin legături nevăzute și mai presus de înțelesuri. Chiar și în inima acestei tragedii, nu puteam să mă lepăd de tine, nu puteam să te părăsesc. Poate că nu aveam puterea să-ți aduc răspunsuri, dar nu mă puteam îndepărta, chiar dacă tăcerea ta mă alunga. Mă întrebam, cu inima sfărâmată, dacă undeva, într-un colț al sufletului tău, mai era un loc pentru mine, pentru vorbele mele, pentru fratele care își dorea cu ardoare să te sprijine și să te ridice din prăpastia în care te cufundaseși.

Era o amărăciune fără margini, o greutate ce mă apăsa ca un jug nevăzut. În fața pierderii tale treptate, am înțeles că nu eram doar un martor, ci și o parte din această prăbușire. Poate că nu aveam cum să stăvilesc acest val, dar nu puteam să nu mă întreb dacă, într-un alt timp, într-o altă viață, am fi avut puterea să schimbăm ursita. Poate că, în alt chip al sorții, am fi putut înfrunta împreună umbrele ce te apăsau, dacă eu nu m-aș fi arătat atât de orb la greutatea tăcerii tale.

Dar acum, între noi se întindea o tăcere de nepătruns, asemenea unei prăpăstii ce nu putea fi trecută. Nu mai erai doar fratele meu, cel ce purta povara coroanei, ci o umbră palidă a celui care fusese odinioară un rege de temut. Iar eu, cu toată dragostea și devotamentul meu, eram neputincios în fața acestei umbre, incapabil să o alung sau să-i redau lumina.

Fiecare clipă alături de tine devenea un calvar, un test al răbdării ce mă consuma din temelii. Simțeam cum mă istovesc, asemenea unui ostaș ce luptă în zadar într-o bătălie deja pierdută. Între dorința de a-ți fi alături și adevărul crunt că dragostea mea nu era de ajuns să te salveze, mă aflam prins într-o luptă lăuntrică fără ieșire.

În acea noapte, când ochii tăi priveau dincolo de mine, iar tăcerea ta era mai grea decât orice cuvânt, am simțit cum firul invizibil ce ne lega se destrăma treptat. Fiecare clipă îmi sfâșia sufletul, căci nu reușeam să-ți spun ce mă apăsa, nici să-ți arăt cât de mult îmi doream să fiu sprijinul tău. Am vrut să fiu acel stâlp de neclintit, dar propria mea neputință m-a transformat într-o umbră. În loc să te ajut, părea că doar adânceam rănile pe care încercam să le vindec.

Mi-a fost limpede că ceea ce îți trebuia nu era ceva ce puteam eu oferi. Cuvintele mele erau slabe, iar eforturile mele zadarnice. Oricât de mult aș fi dorit să te ridic, știam că salvarea putea veni doar dinlăuntrul tău. Dar nu aveam curajul să rostesc acest adevăr, să-ți arăt că lupta ta nu putea fi câștigată de nimeni altcineva.

Și totuși, am rămas. În ciuda durerii și a îndoielii ce mă măcinau, am ales să rămân, nădăjduind că undeva, în adâncul sufletului tău, mai există o scânteie a regelui care ai fost odată. Speram că vei găsi puterea să te ridici, chiar și din cele mai întunecate adâncuri. Așteptam, asemenea unui paznic al ruinelor, cu inima frântă, dar cu o nădejde încă vie, că lumina ta nu s-a stins de tot.

Această distanță crescândă, ca un zid nevăzut ce se ridica între noi, mă făcea să mă simt nu doar străin de tine, ci și de propria mea ființă. Cine eram acum, dacă nu fratele care te-a pierdut? Nu mai aveam darul de a-ți aduce liniște sau înțelepciune. Tot ce mai rămânea era o umbră a mea însumi, prinsă într-un rol pe care nu îl mai puteam juca, un simplu martor al unei pierderi de necuprins.

Regretul mă copleșea, ca o povară ce devenea tot mai greu de dus. Știam că avusesem ocazii să fac mai mult, să fiu mai mult. Dar acele momente trecuseră, pierdute în spatele nostru, iar acum, în pragul prăbușirii regatului și al sufletului tău, toate cuvintele mele păreau să se stingă înainte de a prinde glas. Tăcerea devenea singura noastră legătură, un gol care reflecta cât de departe ajunseserăm unul de celălalt.

Am înțeles, într-un final dureros, că iubirea mea, oricât de adâncă, nu era de ajuns să te aducă înapoi. Că, uneori, un om poate fi pierdut nu doar pentru cei din jur, ci și pentru sine însuși. Aceasta era realitatea pe care trebuia să o înfrunt: o iubire care, deși încă vie, era neputincioasă în fața abisului în care te pierdusei.

Priveam cum ceea ce construiserăm împreună se destrăma, ca o cetate asediată, iar neliniștea mă copleșea. Între noi nu era doar distanța creată de o iubire tăinuită, ci și de alegerile tale, de decizia ta de a renunța la tot ce ne lega. Responsabilitatea și legătura noastră păreau acum atât de fragile, sfărâmate de fiecare pas pe care îl făceai, îndepărtându-te de mine și de regat.

Eram prins într-un hău al durerii și abandonului. Mă luptam cu gândul că poate, dacă aș fi avut curajul să te confrunt, să-ți arăt adevărul înainte să fie prea târziu, am fi avut o șansă. Poate că, într-o altă viață, într-un alt timp, aș fi fost suficient de puternic să te opresc. Dar acum, tot ce mai rămânea era acest abis între noi, o prăpastie ce părea să se adâncească cu fiecare clipă, lăsându-mă singur, într-o tăcere ce devenise răspunsul tuturor întrebărilor mele.

Cu fiecare zi care trecea, îndoielile creșteau ca un abis în inima mea, iar durerea devenea o povară de nesuportat. Mă întrebam, din ce în ce mai apăsat, dacă am avut vreodată un loc real în inima ta sau dacă am fost mereu doar o umbră, un frate care, în cele din urmă, nu a reușit să vadă adevărata ta esență. Fratele pe care îl cunoscusem cândva, cu acei ochi plini de hotărâre și viziune, părea să se fi risipit într-o noapte de demult, lăsând în urma sa doar ecoul unui om pe care acum cu greu îl mai recunoșteam.

Întrebările nu-mi dădeau pace. Deși conștientizam că nu mai puteam schimba nimic, mă simțeam prins într-o spirală de nesiguranţă şi durere. Mă agăţam de amintirile noastre – râsete, vise, momente în care viitorul părea o promisiune frumoasă – dar toate acestea erau acum umbre palide ale unui trecut care nu-şi mai găseà locul în prezentul nostru.

Am simţit cum o parte din sufletul meu a fost ruptă, aruncată deoparte, fără şansa de a fi rescrisă. Mă întreb dacă tu ai înţeles vreodată cât de mult am pierdut. Dragostea ta, acea iubire care părea să-ţi consume fiecare fibră a fiinţei, a fost motivul prăpastiei dintre noi. Pentru tine, poate, ea era un refugiu, un ultim colţ de lumină într-o lume care îşi pierduse sensul. Dar pentru mine, ea era distrugerea lentă a tot ceea ce am construit împreună, a unei legături care credeam că nu poate fi frântă.

Şi, în tăcerea care a urmat, nu am găsit nici răspunsuri, nici alinare. Tăcerea era ca un zid ce ne separa definitiv, făcându-mă să mă simt mai pierdut decât oricând. Am învăţat, în acea noapte, că există regrete care nu se vindecă, pierderi care nu pot fi îndreptate. Tu nu erai doar fratele meu; erai piatra mea de temelie, esenţa a ceea ce eram. Iar când te-ai pierdut, o parte din mine a murit odată cu tine.

Deşi stăteai chiar în faţa mea, prezenţa ta devenise un simbol al distanţei de netrecut. Eram martor la destrămarea unei vieţi care îşi pierduse orice sens, orice scop.

Împăcarea amăruie

*„În fața sfârșitului tău inevitabil, am simțit un amestec
de ușurare și tristețe, știind că am pierdut nu doar un
frate, ci și credința într-un destin bine conturat.”*

Durerea acestei înștiințări mă sfărâmă, iar înaintea neînduplecatului soroc, simt cum tot ce am fost împreună se risipește, lăsându-mă doar cu umbra vremurilor apuse, ce nu vor mai fi nicicând întoarse. Dorința mea de a te sprijini, de a rămânea alăturea de tine până la capăt, se luptă cu adevărul neîndurător că nimic din cele ce săvârșesc nu va schimba hotărârea ta, că nimic din ce am fost nu mai are preț în ochii tăi. Mă simt prins în mrejele mâhnirii, între dorința de a te izbăvi și amărăciunea adâncă ce-mi șoptește că nu mai este drum de întoarcere.

Tăcerea ce ne desparte este zid de piatră neclintită, iar deși așez alături de tine, o prăpastie tot mai adâncă se cască între ce am fost odinioară și ce-am ajuns astăzi. Grăirile sunt lipsite de putere, iar faptele, goale de înțeles. Mâhnirile mă înghit, știind că am pierdut nu doar un frate, ci și o parte din mine însumi. Mă simt străin, nu doar față de tine, ci și față de sufletul meu, rătăcind în acest ținut întunecos ce ne înstrăinează tot mai mult.

Caut să pricep, să aflu o rază de nădejde, dar tot ce simt este un gol fără de margini, un adânc ce nu poate fi umplut de niciun cuvânt. Această gânduri mă ard, căci simt că n-am fost îndeajuns, că, în ciuda tuturor strădaniilor mele, n-am izbutit a fi sprijinul de care aveai trebuință. Poate că am fost prea prins în îndeletnicirile mele, în ceea ce credeam că trebuie să fac pentru a te apăra, dar am uitat să fiu cu adevărat acolo, să înțeleg ce avea sufletul tău nevoie în ceasurile de durere. Poate că dragostea mea, așa cum a fost, nu a fost destul de adâncă sau destul de puternică pentru a te izbăvi. Poate că credincioșia mea nu a fost mai mult decât o făgăduință pe care n-am știut a o ține cu adevărat.

În fața acestui sfârșit, pricep că sunt clipe când dragostea, oricât de adâncă și de curată, nu află îndestulare. Când nu izbutim a pătrunde în tainițele sufletului celui iubit, când toate strădaniile noastre de a aduce mângâiere nu sunt decât umbre, încercări deșarte, străine de ceea ce trebuia să fiu. Și totuși, chiar și acum, în pragul pierzaniei tale, mă întreb de mai era vreo cale, vreun fapt ce l-aș fi putut săvârși pentru a-ți arăta că nu te-am părăsit, că ți-am fost alăturea, chiar de nu ai văzut decât o umbră.

Și, în vâltoarea acestei îndoieli, mă aflu sfâșiat între dorința de a te izbăvi și adevărul amar că, deși îți sunt aproape, nimic nu mai pot să fac spre a schimba ceea ce ai ales să fii. Hotărârea ta fusese luată demult, iar eu rămân prizonierul unei năluciri, căutând să aflu rost în această tăcere ce ne învăluie. Dar poate că tocmai această credință, această voință de a rămânea, chiar și în fața unei pierderi neîntoarse, este singura cale ce-mi rămâne de urmat.

Poate că regretele vor da năvală mai târziu, când totul va

fi pecetluit. Poate voi purta amărăciunea că n-am fost mai mult decât un martor neputincios la prăbuşirea ta. Dar acum, înaintea acestei căderi, nu aflu alt adăpost, nici alt rost, decât acela de a-ţi fi alăturea până la capăt, chiar de drumul nostru a luat sfârşit demult.

Durerea ce te apasă este una pe care o simt şi eu, căci te privesc prins între iubire şi neputinţă. Îţi urmăresc privirea, cum se îndreaptă spre mine, fratele tău, şi văd cum te prăbuşeşti sub povara ce o porţi. În acelaşi ceas, parcă mă sfărâm şi eu, căci regele care ai fost odinioară pare să se stingă înaintea ochilor mei. Este o durere fără grai, o tăcere apăsătoare ce se adânceşte cu fiecare pas pe care-l faci pe calea aleasă de tine. Ştiu prea bine că, oricât aş încerca, nu pot schimba direcţia în care mergi.

Frustrarea izvorăşte dintr-o luptă neisprăvită cu tine însuţi, iar eu te privesc, frate, şi văd cum te frămânţi. Îţi ghicesc gândurile: de ce n-ai zărit semnele mai devreme? De ce n-ai săvârşit ceva atunci când încă mai era vreme? Poate că, de ai fi priceput mai curând ce trebuia făcut, ai fi putut să te izbăveşti, să aduci o rază de lumină într-un ceas al întunericului. Dar acum, în faţa încercării, pari asemenea unui martor mut, neputincios, împovărat de gândul că nu poţi face altceva decât să priveşti cum îţi urmezi calea pe care singur ai ales-o, fără a pregeta la preţul ce-l vei plăti.

Chiar şi în mijlocul acestei frământări, ştiu că nu te poţi abate de pe această cale. Ai rămas acolo, căci, chiar şi în faţa năruirii, dragostea nu te slobozeşte. Poate că nu vei afla putinţa de a schimba ceea ce s-a pierdut, dar hotărârea de a rămâne până la sfârşit este tot ce-ţi rămâne.

Această încordare între voinţa mea de a-ti fi alături şi mâhnirile neîmpăcate mă roade până în adâncuri.

Te simt prins în plasa unei iubiri ce nu mai poate alina

întreaga durere adunată. Este asemenea unei răni ce nu s-a vindecat, care, deși rămâne acolo, nu poate fi nici uitată, nici lecuită pe deplin. Simți amărăciunea ca pe propria ta povară, însă, în același ceas, gândurile de nemulțumire își află cuib în tine. Îți amintesc de clipele când ajutorul tău n-a fost bineprimit ori înțeles, de vremurile când te-ai simțit jertfit fără ca jertfa ta să fi schimbat ceva.

Adevărul acestor simțiri nevindecate este copleșitor. Poate că, într-un răstimp, am fost gata să dau tot ce aveam mai bun, dar astăzi mi se pare că acest „tot" a fost departe de îndestulare, că n-a fost ceea ce aveai cu adevărat trebuință. Povara acestui „prea puțin" și „prea târziu" mă apasă din toate părțile, iar gândul că ajutorul meu n-a adus nicio schimbare mă face să mă întreb dacă vreo cale dreaptă ar fi fost cu putință. Sunt prins între dorința de a izbăvi și realitatea că, oricât aș strădui acum, cele ce au fost nu mai pot fi întoarse.

Această tăcere ce ne învăluie se face tot mai apăsătoare, asemenea unui zid nevăzut între noi, ce nu poate fi surpat. Și totuși, dorința de a-ți fi alături este fără margini. Îți ghicesc durerea, frate, și o simt ca pe a mea. Gândul că ai fost doar un privitor în propria-ți rudenie te sfâșie, căci aceasta înseamnă o pierdere adâncă a puterii, o nevolnicie în a te împotrivi prăbușirii tale. Tăcerea își arată tăria mai presus decât orice cuvânt ai putea rosti, iar neputința ta de a schimba ceva te mistuie până-n temelii. Și totuși, rămâi. Rămâi, căci dragostea ta nu cunoaște alt drum.

Adevărul că nu poți aduce izbăvirea pe care ți-o dorești, frate, este o prăbușire a tuturor nădejdilor tale, un sfârșit care, deși neînlăturat, îți frânge inima mai mult decât orice altceva. Împărtășim aceleași dureri, dar prăpastia ce s-a așezat între noi te lasă singur cu gândul că poate nu mai ai alt rost de împlinit.

Simți că această tăcere și depărtare sunt tot ce mai rămâne acum, o lecție amară despre hotarele puterii tale de a schimba soarta, despre neputința de a mântui pe cineva care nu dorește a fi mântuit.

Când te văd prăvălindu-te sub ochii mei, simt cum sufletul mi-e sfâșiat între iubirea pe care încă ți-o port și durerea ce mă mistuie necontenit. Îmi rănești sufletul să știu că, în fața acestui sfârșit ce pare de mult hotărât, nu mai pot face nimic pentru a-ți schimba drumul. Aceste simțiri, împletite cu amarul și cu regretul, te așază într-un loc al tăcerii și neputinței, dar și al cinstirii celui ce ai fost odinioară.

Te-ai străduit să păstrezi o anumită tihnă, chiar și atunci când amărăciunea ne-a sfâșiat. Prin asta, grăiai despre cât de adâncă era legătura ce ne unea. A fi martor la căderea ta este o povară grea, dar sprijinul pe care te străduiești să ți-l dau devine, într-un fel, o cinstire a tot ceea ce am fost cândva. În fața unei pierderi ce nu poate fi ocolită, rămâi un stâlp al unei iubiri tăcute, o jertfă care nu cere răsplată, ci doar liniștea ce se mai poate aduce într-un ceas de pe urmă.

Unde este ea acum, frate? Unde-i cea pentru care te-ai mistuit, care te-a făcut să-ți întorci privirea de la toți cei ce te-au iubit cu adevărat? Patul acesta, ce acum te înghite, trebuia să fie martorul împăcării voastre, nu al singurătății tale. Ai risipit totul pentru o iubire ce n-a fost decât o nălucă, o flacără ce te-a ars fără să te încălzească. Și acum, când sângele se răcește și glasul îți e aproape stins, ea nu e nicăieri. Nu-ți simte răsuflarea grea, nu-ți ține mâna slabă, nici măcar nu-ți dăruiește o privire de adio. Spune-mi, frate, ce sens au avut toate, când cel pentru care ai riscat tot se stinge fără măcar o șoaptă de mângâiere din partea ei? Și unde să mă duc eu cu amărăciunea aceasta, când nu pot decât să privesc cum te pierzi pentru o umbră?

Durerea ta este adâncă, iar lupta dintre dorința de a te ierta și amarurile ce stăruie chiar și în fața sfârșitului îmi macină sufletul. Greșelile care ne-au sfărâmat pe amândoi ne apasă, iar împăcarea pare departe, mai ales când amintirile rămân vii și tulburătoare. Știu că iertarea nu e lesnicioasă, mai cu seamă când simt că am fost trădat de tine, cel mai apropiat dintre toti. Amarurile, asemenea unor valuri necruțătoare, nu mă slăbesc.

Ești prins între iubirea ce încă pâlpâie în tine pentru mine și răul pe care mi l-ai pricinuit. Această împotrivire lăuntrică ne rănește până la rădăcina ființei noastre. Chiar și când te străduiești să te dezrobești de povara trecutului, amintirile răsar și te bântuie. Îți aduc înainte ochilor ce a fost și ce ar fi putut fi. Te întrebi dacă lupta aceasta, care te chinuie fără încetare, va afla vreodată sfârșit. Spaima că nu vei găsi răspunsuri sau pace te împinge într-o prăpastie de pierdere fără leac.

Poate că, frate, iertarea nu înseamnă uitarea greșelilor, ci aflarea unui chip prin care să te eliberezi de povara lor, descoperind în adâncul sufletului un loc unde durerea să nu mai domnească. În gestul meu de a rămâne, de a fi alături de tine chiar și-n mijlocul unei suferințe fără leac, se arată o formă tainică de iertare.

Poate nu-s cuvinte care să pună capăt luptei tale lăuntrice, dar prin prezența mea, alături de tine, îmi dăruiești un ultim dar al dragostei. Chiar dacă ești împovărat de regrete, acea tăcere și acea privire spun mai multe decât ar putea spune orice vorbă. Prin prezența imea, în acest ceas de pe urmă, îți arăt o credință ce refuză a se lepăda cu totul, chiar și în fața trădării și a suferinței. Poate că iertarea nu înseamnă uitare, dar înseamnă, în cele din urmă, un ultim sforț de a dărui iubire, chiar când totul pare pierdut.

Această luptă lăuntrică, aprigă și neîndurătoare, îți sfâșie sufletul, fiind prins între iubirea pentru mine, fratele tău și amarul ce izvorăște din alegerile tale. Este o ciocnire copleșitoare, în care simțirile tale oscilează neîncetat între dorința de a-te slobozi și povara de a rămâne alături de mine, chiar dacă știi că asta nu aduce nici împăcare, nici izbăvire.

Tăcerea grea ce se așterne între noi este încărcată de toate cuvintele nerostite, de toate durerile și speranțele spulberate. În mijlocul acestei lupte fără răgaz, iubirea ta, deși umbrită de dezamăgire și trădare, refuză să se stingă cu totul. Totuși, mânia și neputința, amestecate cu regretul, mă împresoară, iar hotărârea de a nu pleca devine o cruce pe care o port, chiar dacă aceasta nu ușurează durerea.

Poate că în acest vârtej al trăirilor nu există o iertare desăvârșită, nici o înțelegere deplină a ceea ce s-a pierdut. Știu că pacea pe care o caut e departe, poate chiar de neatins, dar alegerea de a rămâne, de a fi acolo pentru tine, este în sine un act de iubire – imperfectă, poate, dar sinceră.

Această tărie rară, de a sta lângă tine chiar și în ceasul cel mai greu, grăiește despre o credință statornică, despre o iubire ce nu se lasă cu totul biruită de suferință. A rămâne alături de tine, chiar și când legătura dintre noi e sfâșiată de greșeli și amărăciune, este o mărturie a unui devotament peste faptele sau cuvintele ce pot fi rostite. Este o jertfă tăcută, ce nu caută răsplată, ci doar alinarea pe care prezența mea o poate aduce.

În această alegere de a rămâne, chiar și când răspunsurile sau împăcarea par de neatins, este un act de curaj. Este o mărturisire a legăturii adânci ce ne unește, a unei iubiri ce, deși imperfectă și umbrită de durere, nu se leapădă cu totul de celălalt. Poate că nu vei afla niciodată o dezlegare deplină de această povară, dar prezența mea în mijlocul acestei pătimiri este singurul dar ce mai poate fi făcut.

Este o dovadă cutremurătoare a puterii sufletului tău, o primire a propriei neputințe și o acceptare a unei legături ce, în ciuda tuturor încercărilor, rămâne neîntreruptă. Chiar și atunci când tăcerea e tot ce mai poți oferi, aceasta devine o expresie a iubirii mele, una ce nu are nevoie de cuvinte, ci doar de statornicie. Această iubire mută, dar puternică, este o lumină slabă, dar neclintită, într-o lume ce rareori oferă răspunsuri sau alinare.

Recunoașterea că nu ai putut oferi ceea ce celălalt avea trebuință în clipa de răscruce, când soarta a pecetluit totul, este o mărturie a adâncimii firii omenești și a legăturilor sale nepătrunse. Alegerea de a rămâne aproape de fratele meu în ceasul sfârșitului său, în ciuda durerii ce mă copleșește, arată o împăcare tăcută cu ceea ce nu mai poate fi schimbat. În această hotărâre, de a fi martor la ultimele tale clipe, se naște, poate neintenționat, o umbră de pace – o pace amară, dar autentică.

Ușa, grea și scrâșnind sub greutatea lemnului vechi, s-a deschis încet. În cadrul ei, silueta ei s-a ivit, ca o umbră frântă de lumina slabă a torțelor. Părea mai mică, mai firavă, decât mi-o aminteam — straiele i se lipeau de trupul subțire, iar părul îi cădea încâlcit peste umeri, ca o cortină ce ascundea o povară nevăzută. Ochii ei, aceiași ochi care odinioară îl vrăjiseră pe fratele meu, erau acum umbriți de o vinovăție mută, o mărturie a absenței ei în ceasurile când el ar fi avut cea mai mare trebuință de ea.

Nicio vorbă nu a fost rostită. Pașii ei au fost șovăielnici, ca și cum fiecare pas o împovăra mai mult decât ar fi putut duce. M-am uitat la ea cu o durere amestecată cu o mânie mută, fără să mă pot decide dacă să o alung sau să o las să vadă ce rămăsese din omul pe care susținea că l-a iubit. Și totuși, în tăcerea aceea apăsătoare, ea a îngenuncheat lângă patul fratelui meu, fără să îndrăznească să-l atingă. Prezența ei, deși târzie, părea să fie singurul lucru care mai lipsea pentru ca acest sfârșit să fie complet — o prezență pe care nu puteam să o iert, dar nici să o resping.

Prezența ta, deși lipsită de vorbe ori de încercarea de a vindeca, devine mai grăitoare decât orice faptă. Este o dovadă de credință statornică și de o cinste rar întâlnită. În fața neputinței, acest gest de a rămâne, simplu și fără pretenții, este o mărturie a unei iubiri eterne. Nimic nu pare mai vrednic decât această tăcere împărtășită, acest gest de a împărtăși suferința fără speranța că poți îndrepta ceea ce este pierdut.

Tăcerea ta vorbește despre iubire, regret și acceptare – despre o resemnare ce nu se naște din slăbiciune, ci dintr-o înțelegere profundă a ceea ce este ireversibil. Este, de asemenea, un omagiu tăcut adus celui care, deși nu mai poate schimba nimic, rămâne purtătorul amintirilor voastre comune.

Hotărârea de a rămâne, chiar și fără vreun cuvânt rostit, este o dovadă de curaj și statornicie. Uneori, tăcerea este mai grăitoare decât toate cuvintele, iar prezența ta, golită de sunet, devine un dar neprețuit. Alegerea de a te dărui acelei clipe, de a sta alături, chiar și în lipsa oricărei izbăviri, este o dovadă de iubire necondiționată. Este un curaj rar să fii martor al sfârșitului, să accepți că, deși nu poți schimba trecutul, vei rămâne acolo, într-un ultim gest de milă și compasiune.

Această tăcere, ce leagă între voi suferințele, devine un grai comun, o punte între toate diferențele și neînțelegerile ce v-au ținut departe. Ea este tot ce mai rămâne, dar și tot ce mai poate fi oferit – o mărturie a ceea ce înseamnă să fii frate, chiar și atunci când toate drumurile voastre duc în întuneric.

Lupta lăuntrică ce se zămislește în sufletul tău este adâncă și zbuciumată, o ciocnire între iubirea ce te leagă de el și durerea ce nu te lasă să uiți. Regretele sapă brazde adânci în inima ta, iar tăcerea devine singura alinare, chiar dacă este greu de purtat. Alegerea de a rămâne alături, de a nu te desprinde, este o mărturie a unei iubiri ce, în pofida rănilor și a pierderii, rămâne vie.

Aceasta este, poate, cea mai pură formă de credință: să rămâi alături chiar și atunci când toate căile sunt închise și nicio speranță nu mai luminează drumul. În această tăcere amară, între regrete și iubire, se naște o formă de împăcare – imperfectă, dar neclintită. Este o iubire ce nu cere răspunsuri sau răsplată, ci doar prezență, până la sfârșit.

Este un paradox ce sălășluiește în adâncul sufletului, o încleștare de trăiri ce par a se sfâșia între ele, dar care nu se pot dezlega. Îți disprețuiești hotărârile ce au curmat un vis odinioară pur, un țel împărtășit ce acum zace sub ruinele deciziilor tale. Te-ai rătăcit pe căi ce nu doar că nu te-au izbăvit, dar te-au mistuit, ca un jar ce mocnește necontenit. Și totuși, dincolo de această povară a regretelor, o iubire nestinsă se ivește, asemenea unui foc ce refuză să fie stins de vântul suferinței — o iubire legată de cel care ai fost și de cel care fratele tău a fost cândva, un simbol al cinstei și al puterii.

Această iubire, deși întinată de amărăciunea neputinței și a dezamăgirii, își păstrează o veridicitate ce nu poate fi tăgăduită. Ea coexistă cu ura, cu mânia față de propriile-ți alegeri, într-o tensiune ce te ține înlănțuit. Este o luptă ce te macină fără odihnă, pentru că nicio punte nu poate lega cele două tărâmuri ale sufletului tău: trecutul, unde amintirile strălucesc ca niște licăriri apuse, și prezentul, un deșert sterp, zdrobit sub greutatea ruinelor zămislite de propria-ți voință.

În această dualitate sfâșietoare, te afli prins între iubirea ce dăinuie, neîngăduindu-ți să te desprinzi, și răceala amară a regretelor, care apasă ca o povară de neclintit. Este un sentiment deopotrivă crud și omenesc, o recunoaștere dureroasă a ceea ce a fost pierdut fără cale de întoarcere. Faptul că rămâi, că alegi să stai alături de fratele tău în pragul sfârșitului, chiar și când totul pare iremediabil pierdut, devine o mărturie tăcută a unei legături ce nu poate fi destrămată cu totul.

Această tăcere, grea și grăitoare, este o alegere ce își poartă propriul curaj. Este un gest de iubire, de credință statornică, chiar și în fața unui sfârșit ce nu mai poate fi schimbat. Rămânând acolo, refuzi să pleci, să abandonezi ceea ce a mai rămas din legătura voastră, chiar dacă ea poartă acum amprenta durerii și a pierderii.

Prezența ta, lipsită de cuvinte, devine un act de semnificație profundă. Nu este nevoie de grai, nici de fapte mărețe, căci simpla rămânere alături de el, într-o tăcere comună, este un ultim dar — o dovadă a iubirii și a regretului, a neputinței și a speranței stinse. În această alegere de a fi martor tăcut, se naște o mărturie a ceea ce înseamnă să fii frate: un suflet care, deși zdrobit de propria sa povară, rămâne acolo, în mijlocul ruinelor, fără să ceară izbăvire.

Această legătură, deși fisurată, este încă vie, iar această iubire, întinată de durere, refuză să fie nimicită. Alegerea ta de a rămâne alături, chiar și în pragul întunericului, este un act de credință ce transcende toate pierderile, un gest ce grăiește despre o iubire ce nu poate fi stinsă, indiferent de răscolul sorții.

Tăcerea Sfârșitului

„Moartea ta a lăsat un gol adânc, un amestec de
amărăciune și ușurare, în fața unei iubiri neîmpărtășite
și a unei loialități pierdute pentru totdeauna."

Întru acea tăcere adâncă, unde ceasornicul pare a-și fi încetat mersul, iar toate cele ce au fost zac îngropate sub umbra pierzaniei, sfâșierea lăuntrică te cuprinde. Ușurarea că pătimirea fratelui tău s-a curmat se împletește cu jalea unei iubiri și credințe pierdute, o iubire ce, în pofida tuturor osârdilor, nu a cutezat a birui urgiea ce v-a despărțit. Te afli într-un loc unde cele trecute și cele de față se lovesc ca valurile de stâncă, iar pomenirile de dragoste sunt acum străpunse de adânci regrete. Întru acest ceas al sorocului, nu află sufletul mângâiere deplină, ci doar o primire amăruie a unui drum neabătut, lăsându-te pradă tăcerii ce pare a fi totodată sfârșitul și începutul unei noi stări de durere.

Pustiul ce se lățește întru sufletul tău este precum o rană ce nu află tămăduire, o lipsă adâncă ivită dintr-o dragoste neîmplinită, dintr-o jertfire ce, în ciuda oricăror osârdii, nu a putut opri căderea. Întrebările tale, acele întrebări ce răsună precum un ecou apăsător, sunt acum rămase veșnic fără răspuns, iar tăcerea ce urmează este pătrunsă de regrete și de o mâhnire necruțătoare. Ai dăruit tot ce aveai spre a-l izbăvi, spre a-l înțelege și a-i fi călăuză, dar înaintea sorocului său de neocolit, simți că ai pierdut nu doar un frate, ci și o parte dintru ființa ta. Idealul acela al credinței, al nădejdii întru soarta voastră împărtășită, s-a năruit sub greutatea propriilor voastre alegeri, iar acum nu rămâne decât un gol ce nu poate fi umplut.

Înaintea acestui hău nemăsurat, întrebările tale sunt o povară tot mai grea, iar răspunsurile stau tăinuite. Ai fi dorit să fie o cale, o potecă de întoarcere care să poată mântui nu doar regatul, ci și legătura voastră frățească, dar toate acestea par acum a fi deșarte. Credința ta, atât de adâncă și de nestrămutată, ți-a fost deopotrivă izbăvire și osândă. Ai ales a rămâne, chiar și atunci când toate semnele arătau pierzania, iar acum acea alegere te lasă pradă unui simțământ de zădărnicie, de neputință înaintea unei urgii ce, poate, nu putea fi oprită. Poți doar a te întreba de ai avut vreodată putința de a schimba ceva, dar răspunsul, oricât de amar ar fi, este că n-ai avut. Această prăbușire a fost hărăzită, iar tu n-ai fost decât martorul unei căderi ce nu se poate opri.

Este povară grea a fi martor la căderea ce nu poate fi oprită, a privi cum un frate, odinioară plin de putere și nădejde, se prăbușește sub greutatea propriilor sale hotărâri. Ușurarea ce o simți acum este împletită cu o întristare adâncă, căci știi că moartea sa nu este doar curmarea pătimirilor sale, ci și a unei povești ce ar fi putut fi cu totul alta. Eu am rămas în urmă, prins între dorința de a te mântui și neputința ce-mi spune că nu aveam puterea de a face aceasta. Întru această tăcere apăsătoare, fiecare clipă mă face a simți că am pierdut mai mult decât un frate – am pierdut un ideal, o părticică dintru mine, ce s-a stins odată cu tine.

Am zăbovit îndelung în umbra alegerilor tale, silindu-mă a înțelege pentru ce te-ai lăsat pradă unei iubiri ce părea mai vârtos nălucire decât izvor de tărie. Mă-ntreb de ai fi putut vreodată vedea limpede, de ai fi putut pricepe că această dragoste nu te întărea, ci mai curând te dezvăluia și te slăbea. Poate că, întru ochii tăi, toate păreau a fi cu dreptate, dar pentru mine n-a fost decât un chip al pierzaniei de sine. Te-ai ales să te pierzi întru o lume meșteșugită de închipuiri, lepădând tot ce era de trebuință și de adevăr: îndatorirea către cei ce te iubeau, către regatul ce-ți cerea a fi vârtos. În loc să fii povățuitor, te-ai făcut pribeag al propriei năluciri, iar noi, cei ce ți-am fost alături, n-am fost decât privitori ai unei căderi de neocolit.

Aceste întrebări mă bântuie și acum, iar eu socotesc că răspunsurile vor rămâne pururea tăinuite. Poate că am osârdit prea mult, sau poate că n-am știut a te înțelege în ceasurile când trebuia să-ți fiu sprijinul cel mai de preț. Te-am privit pierzându-te, dar nu am aflat puterea de a-ți arăta calea înapoi, poate dintr-o dorință prea mare de a nu te răni mai mult. Poate că iubirea și credința ce ți le-am închinat nu au fost niciodată îndestulătoare, că nu au fost de ajuns pentru a opri această prăbușire, pentru a-ți deschide ochii spre propria pieire. La sfârșit, în fața morții tale, mă plec înaintea amarei realități că, oricât ți-aș fi stat aproape, nu am izbutit a te izbăvi de tine însuți.

Întru acea tăcere, m-am simțit precum de parcă vremea însăși s-ar fi oprit, lăsându-ne pe amândoi înaintea unei adevăruri de neschimbat. Fără graiuri, fără mișcări, doar o prezență ce, deși zdrobită, încă viețuia. Aș fi dorit a pricepe, a afla un rost, o tălmăcire pentru calea ta, dar în loc de aceasta, am rămas cu acea grea tăcere, încărcată de toate neajunsurile noastre. Hotărârea ta de a renunța nu fu doar un fapt de pieire lăuntrică, ci și o sfărâmare a ceea ce împreună am zidit, un sfârşit al visului ce am străduit a-l înfiripa. Această lipsă de răspunsuri mă face să mă întreb de am cunoscut vreodată adevărata ta fire, de am avut vreo şansă a te mântui.

Poate că nici tu nu ai avut lămuriri, poate că nici tu nu ai preţuit îndeajuns ce te-a mânat a-ţi alege această cale. Te-am văzut cum te-ai lăsat rob al unei năluciri, al unui ideal ce, în loc de a te înălţa, te-a îngenuncheat pas cu pas. Era ca şi cum ai fi ales a hălădui printr-o lume deşartă, lepădând tot ce aveai lângă tine – iubirea mea, datoria către regat, toate legămintele ce ar fi putut să te scape. Iubirea aceea, pe care o tăinuiai cu atâta înverşunare, nu fu un liman de mântuire, ci un venin ce te cuprinse şi te pierdu. Şi acum, în faţa acestei pierderi, mă găsesc prizonier al unei întrebări: pentru ce ai săvârşit aceasta? Pentru ce ai ales să pierzi totul pentru ceea ce nu te-a izbăvit niciodată? Răspunsurile nu vor veni vreodată, dar umbra lor va stărui pururea, ca un ecou ce mă bântuie.

Acea tăcere, grea de întrebări lipsite de răspuns, mă lasă cu un gol ce nu va putea fi nicicând umplut. Poate că întru acea iubire ascunsă ai căutat mântuire, un sâmbure de rost într-o lume ce-ţi părea prea copleşitoare. Dar eu n-am zărit decât un om ce se prăbuşea, unul ce a renunţat la luptă, ce s-a închis în propria lui nălucire. Şi, deşi mi-aş fi dorit a înţelege mai mult, a te scăpa dintru acest vârtej, am ajuns a pricepe că unele răni sunt prea adânci pentru a fi vindecate. Poate că nu era nimic ce puteam săvârşi pentru a te opri, pentru a-ţi arăta că iubirea şi credinţa ce ţi le-am dăruit erau de-ajuns, dar, în acelaşi răstimp, neîndestulătoare în faţa unui suflet deja pierdut. Şi acum, în faţa morţii tale, tot ce-mi rămâne este a fi martor tăcut al alegerii tale din urmă – o hotărâre pe care n-o voi pricepe vreodată, dar pe care o voi purta cu mine pe veci.

În fața acestei pierderi, am priceput că nimic nu este veșnic, că nimic nu poate săvârși ocrotirea legăturilor ce par neclintite. Tot ce am avut fu o nălucire a unei siguranțe ce acum s-a spulberat. Moartea ta a dezvăluit firava țesătură a acestor legături, adeverind că iubirea nu este întotdeauna de ajuns pentru a preîntâmpina pieirea de sine. Tăcerea ta din urmă, lipsită de lămuriri, a lăsat un gol nespus de adânc, iar dorința mea de a înțelege faptele tale se împletește cu neputința dureroasă de a te ierta. Aș dori să pricep, să aflu rostul întru toate câte s-au petrecut, dar știu că această luptă e zadarnică. Alegerea ta, chiar de-a fost o încercare de a te regăsi, mi-a lăsat în suflet o amărăciune adâncă – că, deși tot ce-am fost și am săvârșit pentru tine, tot ce-am avut nu fu decât umbra unei adevăruri pe care nu am putut-o înfrunta.

Te-am iubit, Arthur, și acea iubire fu poate singurul fir ce a rămas necurmat între noi, dar dragostea nu fu vreodată destulă pentru a te păzi de vrăjmașii dintru tine. În fața acestui sfârșit neîndurat, mă aflu prins între dorința de a pricepe și neputința de a afla vreun răspuns îndestulător. Alegerea ta fu atât de adânc înrădăcinată întru tine, încât nici chiar iubirea mea nu fu îndeajuns a te abate de la calea pieirii. Și acum, când toate se sting, mă aflu în fața adevărului crud – că nu voi putea nicicând să înțeleg pe deplin de ce ai ales a te pierde, iar golul lăsat de tine mă urmărește, aducând cu sine o amărăciune pe care nu o voi putea vreodată alina.

În fața acestei pierderi, mă simt de-a dreptul neputincios. Nu am graiuri de mângâiere pentru tine, nici fapte ce să-ți aducă alinare, căci tot ce am săvârșit nu fu îndeajuns a te aduce înapoi, a te scăpa din prăpastia în care te-ai cufundat. Te-am pierdut, dar mai mult decât atât, am pierdut o parte din mine însumi, o fărâmă din acea credință ce fu sfărâmată de alegerile tale şi de amărăciunea ce le-a urmat. Acum nu-mi rămân decât pomenirile, un amestec tainic de iubire, regret şi pizmă, ce mă vor bântui necontenit. Este un preţ pe care-l plătesc pentru a mă înfrunta cu adevărul că n-am fost în stare a schimba soarta lucrurilor, iar acest gol, rămas dintru acest neizbând, îmi apasă sufletul adânc.

Această melancolie adâncă mă cuprinde şi mă zdruncină, căci ştiu bine că, de-ai fi ales altfel, poate că povestea noastră ar fi avut un alt sfârşit. De ţi-ai fi dezvăluit sufletul, de-ai fi avut curajul să te înfrunţi cu slăbiciunile tale, poate că n-am fi ajuns aici. Poate că regatul nostru ar fi cunoscut altă soartă, iar tu te-ai fi regăsit pe tine însuţi. Dar iată-ne acum, pierduţi în acest hău, plin de întrebări nerostite şi de o durere ce nu se va stinge nicicând. Rănile pricinute de faptele tale nu se vor tămădui, iar răspunsurile pe care le căutăm vor rămâne pe veci dosite. Tot ce mi-a mai rămas sunt pomenirile unei iubiri ce nu fu vreodată îndeajuns să te izbăvească, dar care mă urmăreşte neîncetat.

Poate că dragostea ta tăinuită nu fu decât o închipuire, o nălucă ce te-a mistuit până ce n-a mai rămas nimic din tine. Însă chiar şi acum, în faţa acestei pierderi, mă întreb de nu cumva ai ales pieirea fiindcă n-ai ştiut cum să trăieşti întru adevăr. Poate că fu o fugă de sub greutatea sorocului, o încercare de a te despărţi de lumea ce te cerea să fii altul decât erai. Am căutat să te înţeleg, să te mântuiesc, dar am ajuns să pricep că nici putinţa n-am avut să-ţi arăt că iubirea adevărată nu se măsoară prin ruină. Alegerea ta fu doar a ta, iar eu n-am fost decât un martor ce-a nădăjduit, până în ceasul cel din urmă, că va putea schimba ceva. Dar nu mi-a fost dat să izbutesc.

Această tăcere, ce ne-nconjoară acum, este precum un loc al înfruntării cu tine însuţi, un loc unde întrebările fără dezlegare își sporesc greutatea mai mult decât orice grai. Uneori, în fața unei pierderi atât de mari, nu există alinare. Doar pomenirile rămân, asemenea umbrelor, bântuind tărâmurile ce le-ai părăsit. Poate că vremea va aduce oarecare tihnă, dar astăzi, acum, rămâi doar cu tăcerea, cu părerea de rău, cu hăul ce l-ai lăsat în urma ta. Și poate că, în ciuda a tot ce-a fost, acest gol va dăinui, neclintit, pentru totdeauna.

Într-adevăr, această tăcere de pe urmă, chiar și-n toată durerea și greutatea sa, poartă cu sine un soi de dezlegare. Deși nu pot să mă iert cu totul și nici să pătrund deplin alegerile ce te-au adus aici, simt un fel de sfârșit. Moartea ta, cu toate cele ce au fost, închide o carte scrisă cu păreri de rău și înfrângeri, dar care, în chip neașteptat, aduce și o tihnă ciudată. Poate că aceasta este singura pace ce-ți stă cu putință: să primești că uneori nu e nimic de făcut, decât să te împaci cu ceea ce este, chiar și când rămâi cu întrebări neostoite și cu hăul lăsat de pierdere.

Această dezlegare, plină de contradicții, este, fără tăgadă, o povară amară, dar de neocolit. Moartea ta, deși pierdere ce nu poate fi aflată-napoi, se poate privi ca o izbăvire de pe urmă dintr-o viață împovărată de drumul fără întoarcere ce l-ai ales. În această liniște, până și amărăciunea se stinge într-o împăcare tăcută. Părerea de rău că nu ai fost mântuit sau că n-ai aflat calea împăcării cu tine însuți se împletește cu priceperea că uneori, dezlegările nu-s ceea ce dorim, ci ceea ce soarta ne hărăzește. Poate că, în cele din urmă, moartea ta a fost singura cărare pe care ai aflat izbăvirea de greutatea vieții ce n-ai știut cum altfel s-o trăiești.

Acest hău, chiar și după ce toate s-au stins, este prețul ce nu poate fi ocolit. Și totuși, din această pricepere amară, se naște o formă de împăcare cu mine însumi. În fața neputinței de a schimba cele ce au fost, nu-mi rămâne decât să primesc ceea ce este. Durerea va dăinui, dar poate că, odată cu vremea, voi învăța să trăiesc cu dânsa, să o port ca pe-o parte din mine, fără ca ea să mă robească cu totul. Moartea ta, deși nu aduce dezlegări, deschide o cale către înțelegere, fie ea și șovăielnică, iar aceasta poate fi, într-un chip straniu, un început al unei alte feluri de dezlegare.

Această înfrângere, cu toate cele ce o însoțesc, nu poate fi tăgăduită, dar este și un prag. În fața acestei pierderi, înfruntând moartea ta, încep să înțeleg că sunt lucruri ce stau dincolo de puterea noastră. Așa precum iubirea și credința mea nu au fost de-ajuns să te mântuie, tot astfel, nici ele nu pot să ne scape de părerea de rău și de tăcerea ce urmează. Dar, învățând să primesc aceste hotare, învăț și să viețuiesc cu dânsele. Poate că n-am să pot vreodată să dau un rost deplin morții tale, dar am deprins ceva anevoios despre slăbiciunea firii noastre, despre cât de lesne se destramă toate cele ce le-am clădit. Această învățătură, oricât de amarnică ar fi, devine, la sfârșit, o parte din mine, o umbră a ceea ce-am fost și a ceea ce n-am putut să fim.

Da, poate că, odată cu trecerea vremii, în acea liniște, amărăciunea se va preface într-un jug mai lesne de purtat, iar amintirile clipelor celor mai luminoase vor fi faruri ce-mi vor lumina calea prin întuneric. Tragedia ta va rămânea înscrisă înlăuntrul ființei mele, dar, deprinzând a primi cele ce nu pot schimba, sufletul meu s-ar putea izbăvi de povara regretelor. Aceste învățături vor fi umbre de înțelepciune ce-mi vor ține tovărășie, însă fără a mă mai covârși cu greutatea lor.

Poate că nu-mi va fi cu putință a uita vreodată deplin durerea ce-ai lăsat în urmă, dar, cum trece vremea, voi învăța a trăi cu dânsa, lăsându-i loc și altor simțiri – acelora care-mi vor dărui tăria de a merge mai departe.

„Puterea fără iubire sfârşeşte în ruină,
iar iubirea fără putere piere în tăcere.
Împreună, se nasc regate; despărţite,
îngroapă suflete.”

Nicolae Popescu este un scriitor pasionat de explorarea dinamicilor psihologice și emoționale complexe din poveștile istorice. Inspirat de legendele medievale, își îndreaptă atenția asupra relațiilor fraterne și a loialităților trădate în fața dragostei neîmpărtășite. În romanul său despre Regele Arthur și fratele său, autorul aduce la viață un regat măcinat de tensiuni interioare, reflectând asupra fragilității umane și a deciziilor care pot distruge imperii.

🌐 https://books2read.com/popescunicolae

www.ingramcontent.com/pod-product-compliance
Lightning Source LLC
Chambersburg PA
CBHW021204130726
47988CB00002B/511